第三皇女の万能執事１

世界一可愛い主を守れるのは俺だけです

晃

HJ文庫
1080

口絵・本文イラスト　ゆさの

✦ ✦ ✦

CONTENTS

✦ ✦ ✦

The Third Princess's
Almighty Butler

Presented by Kou Agui & Yusano

プロローグ

Prologue

「クレル様は、相も変わらず脳が小さいようですね」

俺は真顔のまま一切表情を変えることなく、淡々と言葉を連ねた。

「動きも思考能力も性格も生温いと思っていましたが、その極めて特徴的な個性に不器用まで追加されていたとは」

「うぅ……」

眼前の車椅子に座る、薄水色を含んだ長い白髪が特徴的な少女は、膝の上で握り拳を作り、俺から視線を逸らしている。どうやら、申し訳なさでいっぱいになっているらしい。

少女から視線を外し、俺は一度室内を見回した。

全体的に、暗い印象を受ける部屋だ。

カーテンや絨毯は黒を基調としており、壁には大きな文字盤が目に付く時計が飾られている。部屋の端には様々な酒瓶が並べられたショーケース。彫刻が彫られた茶色の机や椅子、その机の上には巷で使いやすいと評判の文房具と、如何にも書斎であると言わんばか

りの調度品。俺を含めた使用人が毎日掃除をしているので、埃一つ残っていないほどの清潔感が保たれている。窓枠など舐められるほどである。

しかし、その美しい室内に今は一つ、欠点とも呼べるものが作られていた。

俺はその欠点の傍に箒と塵取りを持って膝を折り、今一度車椅子の少女に疑問を含んだ視線を向けた。

「一体何をどうすれば、車椅子に座っている貴女が花瓶を落として割ることができるのですか？」

床に散乱している、粉砕された花瓶の破片を片付けながら問うと、少女——俺の主であるクレル＝カレアロンド第三皇女は気まずそうに指先を遊ばせながら言った。

「その……ゴミを、捨てようと思って」

「クレル様。貴女の行為はゴミを捨てるのではなく、ゴミを生産しています。仮に執事である俺の仕事を増やそうという思惑をお持ちのようでしたら、クレル様の思考がゴミということになります。最低です」

「そうじゃなくて、ですね！」

力強く否定の言葉を連ね、一拍置いてからクレル様は続けた。

「遠くにあったゴミ箱に丸めた紙を捨てようとしたら……花瓶に当たっちゃって」

ちら、とクレル様が目を向けた先には、黒いインクが滲む丸められた紙が転がっていた。

なるほど、嘘は言っていないようだが、だからと言って仕方ないでは済まされない。今後もこんなことがあり、俺の仕事を無駄に増やされるのは勘弁だ。少しだけ強めに、注意しておかなければ。

「クレル様。貴女はご自身の運動能力が馬車に撥ねられたキツツキと同程度ということを理解しておられますか？」

「馬車に撥ねられたキツツキがどの程度の運動能力を持っているのかわからないのですけど……」

「要するに、クソザコでございます」

「…………はい。運動神経ポンコツです」

「自覚があるなら結構」

塵取りで回収した花瓶の破片を新聞紙の上に移動させ、丁寧に包みながら俺は続ける。

「走れば何もないところで転び、物を投げれば見当違いの方向へ飛ばし、ストレッチをすれば足を攣る。加えて初心者用の魔法が満足に使えない。そんなポンコツなクレル様が部屋の中で物を投げようとしないでください。貴女の制球力はゴミなのですから」

「ご、ごめんなさい……」

「反省してください。まったく、クレル様は病弱の割には脳筋ですから、何をやらかすか俺も心配なんです」

子供を一人で遊びに行かせるのは、きっとこういう気持ちなのだろう。

そんなことを考えながら、俺は包み終えた新聞紙を扉の傍に安置。可能な限りクレル様から遠ざけなければ、彼女は再び床に散乱させる可能性がある。というか、確実にやるだろう。そんな未来の到来は避けなければならない。

ともあれ、これで再び綺麗な室内になった。

そう思いながら振り返ると、クレル様が何やら上目遣いで俺を睨んでいた。

「一応、私は貴方の主なのですけど……ちょっと酷くないですか？」

それが一体何に対する苦言なのかは、考えるまでもないだろう。確かに、一般的に考えれば俺の言動は従者のそれではない。主人がクレル様でなかったら、速攻でクビになる。

勿論、打ち首のほうの。

だが、

「主だからこそ、でございます」

自分の主が他所で粗相をやらかすような人であっては困る。幾ら俺が他所の従者とは比較するのも烏滸がましいほどに優秀だとしても、一人でできるフォローには限界があるのだ。クレル様が恥をかかないためにも、俺は普段から彼女に厳しくしているのである。

「仮にも皇女なのですから、相応の気品というものが必要なのです。はっきり言って、クレル様の行動は著しく品位を欠くものですので」

「うぅ……ロートは、私が嫌いなのですか？」

「？　何をいまさら」

溜め息を吐き、俺はやれやれと頭を横に振った。

俺のクレル様に対する気持ちなど、彼女の従者になった時から決まっている。ポンコツで運動音痴で悪い男に騙されそうで手のかかる面倒な方なのだから、仕えている俺の心にあるものは、一つしかない。

「人々の笑顔と世界の平和よりも、俺は貴女を愛しています」

「……」

クレル様は無言で顔を両手で覆ってしまったが、俺は構わず続ける。

「天と地がひっくり返り、世界から争いが無くなることと同じくらいありえませんが……仮に俺がクレル様を嫌いだとしたら、今頃はここを去って別の人に仕えています。貴女は俺が主に相応しいと認めた人なのです。静かに本を読んでいる姿も、小動物と戯れている時の表情も、高い物を取ろうとして食器を八枚割って大焦りしていた時の仕草も、全てが愛おしい。大好きです。愛しています」

「もう……もういいですッ！」

「そうですか。語れと命令されれば六時間以上は語ることができますので、その時はお申し付けください」

「そんな命令はしませんよッ！」

「それは残念。あぁ、それとですね――」

悪戯心が芽生えた俺はクレル様の耳元に口を近づけ、言った。

「そもそもの話、俺は嫌いな人間に鍵を託しませんので」

「………………ぁい」

赤面とぐるぐるお目目という、可愛いの最強コンボを決めているクレル様。

相も変わらず可愛らしい反応で、からかうのがとても面白い。勿論、さっき言葉にしたことは全て事実だ。彼女が皇族という立場でなければ、今すぐにでも婚姻を結んで幸せな家庭を築きたいところだが、現実を捻じ曲げることはできない。その気になればできる気がしないでもないが。

彼女の傍を離れることを名残惜しく思いながら、俺は入室時に机の上に置いていた黒い箱の下に近づく。

　と、それを見たクレル様は車椅子の車輪を回して机に近寄った。今日は復活が早いことで。

「今週の分ですか？」

「ええ。先週よりも……二十八グラム程度重くなっていますね」

「なんでそんなことまでわかるの……」

「執事ですので。さて――」

　俺は冷えたミルクティーをカップの中に注ぎ、それを机に並べてから、ペンと紙を取り出してクレル様の対面に座った。

「――お悩み相談の時間といきましょう」

第一章　極稀に、箱の中には重要で面倒な手紙が入っている

およそ百年前に即位した初代皇帝の血筋が代々国を治める、カレアロンド皇国。

この国の歴史を紐解いていくと、周辺諸国に比べて内乱や暴動の回数が圧倒的に多いことが窺える。それは百年以上前の王が重税などの圧政を敷き、自国民からの反発を大きくしていたことが原因の一つであると考えられている。自国民の生活を考え、民のための政治をしていれば、暴動などそう簡単には起きないものだが……暴動やクーデターが発生し、何度も国の長が入れ替わってきたものの、結局新たな長も私欲に走った政策を取り、それに反発した国民が反乱を起こす……という、終わりの見えない内乱を繰り返してきた。

そこで百年前の初代皇帝は前の王たちの失策に学び、議員だけでなく民の意見も直接政治に反映させることを決定し、意見を集める目安箱を国中に設置した。その効果は目を見張るものがあり、設置以降は国内での内乱数はゼロ。少数意見が採用されずに不満を述べる者もいるが、その者たちにもしっかりと折衷案を提示。以前のように血と暴力が飛び交うようなことはめっきり無くなり、諸外国からも平和な国になったと評価されるほどにな

った。

目安箱制度は百年が経過した現在でも続けられており、日々民の意見が投函されている。

だが、近年になって目安箱には一つの噂が流れていた。

皇都ミフラスには通常のものとは違う、特別な黒い目安箱が設置されており、そこに悩みを書いた紙を投函すると、正体不明の黒衣の美青年が尋ね来て、悩みを解決してくれる。

という噂が。

◇

皇都郊外にある、屋敷の書斎にて。

「今週は……十八通ですね。先週よりも十通多いことになりますが、今回設置した場所は見つかりやすかったのかもしれません」

俺は黒目安箱に投函されていた悩み相談の手紙を取り出し、枚数を数えた。普段は暗い路地の一番奥などに設置してあるのだが、今回は大通りに面した宿屋の裏側に設置したので、人に見つかる回数が多かったのだろう。よし、今週は見つかりやすかったので、来週は探し回らないと見つからない場所に設置してみるか。

なんて悪戯心を抱きながら手紙を開封していると、クレル様が黒目安箱を手に取った俺に言った。

「目安箱は民の意見を聞くものなのですから、わかりにくいところに設置するのはいかがなものかと思います。本当に悩みを相談したい人が見つけられなかったら、本末転倒では？」

「確かに、その意見は尤もですね」

「だったら――」

「ですが」

俺は手紙を次々と開封しながら、クレル様に持論を聞かせる。

「本当に悩みを聞いてもらいたい、どうにかしてほしい、と思う者はこの黒目安箱を死ぬ気で探すことでしょう。途中で諦めてしまうということは、所詮はその程度の悩みだということです」

仮に黒目安箱を人目に触れやすい大通りに設置した場合、くだらない質問や悩みを綴った手紙が大量に投函されることだろう。それでは、黒目安箱が機能しなくなってしまう。

丁寧にわかりやすく説明すると、クレル様はやや納得した様子。

「そう、ですかね」

「そうです。俺が黒目安箱を隠(かく)すことに楽しみを覚えてしまったという理由もありますが」

「完全に私情ではないですかッ！」

「私情ではなく、市場に合わせただけです。男は宝探しにロマンを覚えるものなので」

「もう……一応公務なのですから真面目(まじめ)にやってください」

「善処致(いた)します」

俺は軽く頭を下げた。

探していた物を発見した時の興奮や驚(おどろ)きは、他には代えられない価値がある。これはきっと、男女共通の感覚だろう。明日提出しなくてはならない書類を紛失(ふんしつ)して捜索(そうさく)し、発見した時の快感は異常だ。

と、話している間に全ての手紙を開封し終えたため、それらをクレル様に差し出す。

「さぁ、どれでも好きなものから読んでください」

「もう開けたんですか？　まだ二分も経(た)っていませんけど……」

「執事ですので、当然の手際(てぎわ)でございます。俺は非常に優秀ですから」

「自分で言わないでください。もぅ、読みますね」

「えぇ、どうぞ」

俺は羽ペンを片手にクレル様の声に耳を傾(かたむ)ける。さて、最初の悩みはどんなものなのか。

「『噂の黒目安箱を発見したので、投函してみました。特にこれと言って大きな悩みはないのですが、強いて言うのであれば、妻の料理の味付けが薄いことでしょうか。ただ、直接言うと食卓に地獄の空気が流れるので、言えずにいます。何とか、妻を傷つけずに伝える方法はありませんか？』。と、いうものですけど――」

「チッ、外れか。初っ端からふざけた質問とは……」

真面目に考えるのが馬鹿馬鹿しいほどにくだらない質問に、俺は思わず舌打ちした。やはり、人目に触れやすい場所に設置したのが悪かったらしい。次からは誰も通らないであろう路地の地面にでも埋め込むか――。

「ロート、心ここにあらず、ですよ」

「！　申し訳ありません。他事を考えるとは……腹を切ります」

「そこまでする必要はありませんよ⁉」

「冗談でございます」

軽く頭を下げ、俺はクレル様から今しがた読み上げてもらった手紙を受け取った。

「非常にくだらない、黒目安箱に投函する価値もない相談内容ですね」

「言い過ぎな気がしないでもないですけど、これはロートが直接出向く必要はないですね」

「はい。この程度の相談なら、手紙を返すだけで十分です。手紙を返す必要性すらないような気がしますが……そうすると黒目安箱の評判に関わるので」

目を細めながら、手紙の文面に視線を滑らせる。

黒目安箱に寄せられた相談に対して、俺は二つの対応を取っている。

一つは、俺が直接相談者の下に出向き、悩みを解決する助力をする。もう一つは、相談に対する俺やクレル様の意見を記した手紙を送る。重要と判断した案件は前者だが、今回は当然、後者だ。

早速、クレル様が真面目に思案する。

「これは……自分で料理をすればいいのではないか、としか言えませんね。それができないのなら、奥様が作った料理に後から味を付け足す、とか？」

クレル様の案は、如何にも正当というか、無難なものだ。味が気に食わないのなら直接言ってみる。それで駄目ならば自分で作る、調味料を足す。十人中九人はこれに類似した答えを導き出すだろう。

だが、これは黒目安箱に入れられた悩みだ。誰にでも思いつくような回答を書き記すのは、全く持って面白みがない。

ということで、俺は解答に少しアクセントを足してみることに。

――味付けが薄い＝奥様が貴方の健康を気遣っている証拠であると何故理解できないのですか？ まず、家に帰ると温かい食事が用意されていることに感謝してください。世の中には帰宅してから自分で食事を作っている孤高の立派な戦士が大勢います。自分が恵まれた立場にいるということを自覚し、理解し、奥様に感謝し、誇りを持って尻に敷かれてください。仮に奥様に対して不満を口にするようならば、味付けが濃くなる代わりに頭髪が薄くなるので要注意。ありがたみを感じながら一生薄い味付けの料理を食い続けてください。

「これで解決ですね」

「ちょっと……いや、かなり棘が目立つような気がします」

「心に残る言葉というのは、総じて棘があるものです。嫌なことほど記憶に残りやすいでしょう？ 突き刺さるから、残るのです」

「無駄に説得力があるから、困りますね」

クレル様は「こんな相談ばかりなのでしょうか？」と言って、次に読み上げる手紙に手を伸ばす。一枚目が悲惨（？）なものだったので、次はある程度マシなものが来てほしいものだが……果たして。

「『最近馬車の老朽化が進んで来たのか、使用する度にミシミシと音を立て、馬が引いても速度が出ません。どうすればよいでしょうか？』。これも……」

「大外れ、ですね」

何となく想像はしていたが、いざ外れの質問が来ると気分が下がるな。もう黒目安箱なんてやめてしまおうかとすら思えてくる。

クレル様も、呆れ気味に溜め息を零した。

「今回は変な質問ばかり、ですか」

「現状はそのようですね。先週のように、他人の批判にばかり力と時間を注いだ結果、虚無感と自己嫌悪だけが残った男の人生相談のほうがよかったですか？」

「そんな回答に困る様な相談を求めているわけではないのですが……なんというか、態々黒目安箱に投函するような内容ではないな、と」

それは、実際に俺も思っている。

一応、黒目安箱というのは誰にも打ち明けることができない、または当人たちだけでは解決の糸口を掴むことが難しい悩みを解決する、というものだ。

本来遊び半分で手紙を投函していいものではない。

が、

「どんな内容のものであろうと真摯に向き合い回答を導き出すというのが、俺たちのモットーでもあります。なので、今回の相談も真面目に答えるとしましょう。不本意ですが」

「不本意なのですね」

「ええ。本心はこんな質問に答えたくはありませんよ。さて」

正直に本心を口にしたところで、俺はクレル様から手紙を受け取って文面を読む。

「この悩みですが、具体的に馬車をどうしたいのか、ということは書かれていません」

「？　馬車を修復したいということなのでは？」

「確かに、そう解釈することもできます。しかし、仮に馬車を修理したいのであれば修理屋に持っていけばいい。そうせずに態々黒目安箱に悩みとして投函するということは、壊れた馬車の有効的な使い方はないか？　ということを聞いているのではないでしょうか」

「考えすぎじゃないですか？」

「それくらいが丁度いいのですよ」

安直な回答よりも、一捻り加えた回答を。

ということで、俺は紙にペンを走らせる。

――ミシミシ、と軋む音がするということは、木製の馬車を使っておられることを前提として回答させていただきます。皇都で流通している木製の馬車は上質な木材が使用されているので、表面に蜂蜜を塗って森の中に放置してみてはいかがでしょう。翌日の早朝には多くのカブトムシが集まり、少年心を呼び起こしてくれるものと思います。また、カミキリムシが集まった場合、馬車を齧ってくれるので軽量化が期待でき、馬に引かせれば少年が母親の足音を察知してエッチな本をベッドの下に投げ入れる時と同等の速度で走行することが可能になるでしょう。蜂蜜でベトベトになった馬車が街中を颯爽と走っている光景を個人的に見てみたいので、是非とも私の案を採用していただけると嬉しいです。絶対に素晴らしいので是非やりましょう。

俺の回答を読んだクレル様は、真顔で言った。

「まるで解決しているような気がしませんね」

「そうですか？　まぁ、当人がこの意見を取り入れるかはさておき、こうして悩みに対して真摯に向き合っているので、黒日安箱としての体裁は保てていると思います。それに、俺が直接出向くのであれば話は別ですが、手紙に関しては案を提示するだけであって、解決するとは一言も言っておりませんので」

「悪い人ですね」

「何でも自分の都合の良いようにはならない、という教訓です」

小さな悩みであるなら、自分の力だけで極力解決するべきだ。困っていれば誰かが必ず手を差し伸べてくれるほど、人生は甘くない。

二通目の手紙を封筒に入れていると、クレル様が呆れたような、感心したような、どちらとも言えない声音で言った。

「それにしても、十数秒の間によくこれだけの言葉が思い浮かびますね」

「人はくだらないことを考える時、頭の回転が通常の百倍になるのです」

「そんな話は聞いたことがありませんよ？」

「当然でしょう。たった今、俺が作りましたから」

「からかわないでください」

笑いながら言って、クレル様はミルクティーの入ったカップに口をつける。

相変わらず、気品を感じる飲み方だ。

意図せず見惚れてしまったが、クレル様は俺の視線には気が付いていなかったらしく、笑顔でミルクティーの味を賞賛してくれた。

「相変わらず、とっても美味しいですね。私好みの甘さで、完璧です」

「恐れ入ります」

頭を下げると、クレル様はティーカップをソーサーの上に置き、残念そうな表情を作った。

「本当……これでもう少し優しかったら、もっとよかったのに」

「？　俺は十分優しいと思いますが」

「それ、本気で言ってるんですか？」

嘘でしょ？　とでも言うかのような視線を、クレル様は俺に向ける。

「確かに、ロートは完璧に近いほどの執事です。仕事は完璧、身体能力は常人離れしていて、頭の回転が速く知識も豊富。魔法の技量も尋常ではないほど高く、護衛としてもこれ以上ない逸材です」

「クレル様の執事ですから、そのくらいは当然かと」

「で・も！」

ビッ！　と、クレル様は勢いよく俺に人差し指を向けた。

「壊滅的と言っていいくらい、口が悪すぎですッ！　開けっぱなしの蛇口みたいに次から次へと人を貶すような言葉を吐いて……私、結構傷ついているんですからね？」

「悪口？　俺が？」

「自覚なかったんですかッ!?」

目を見開いて驚愕するクレル様に、俺は口元に手を当てて笑った。

「冗談です。俺の口が悪いのは自覚していますし、当然直す気はありません」

「そこは直す努力をしている、と言うところだと思います」

「クレル様に嘘は吐けません。俺が貴女に吐くのは、愛情の詰まった言葉だけですから」

俺が目を逸らさずにジッと彼女の瞳を見つめ続けると、クレル様は恥ずかしそうに目を逸らした。

こういう可愛らしい姿は、とても目の保養になる。しかし同時に、ここまで好意に免疫がないと夜会の時に妙な男に騙されないか心配になるな。夜会になんか、俺が行かせないけど。

「チョロすぎます、クレル様」

「し、仕方ないでしょうッ!? 私はロートに出会うまで、誰からも愛されずに育ったんですから!!」

「存じ上げております。ですので、今まで与えられなかった以上の愛情を、俺が貴女にプレゼントします」

「〜〜〜ッ!! 少しは恥ずかしがってくださいよ!」

「無理です。愛情が心のスペースを独占しているので、羞恥を抱く余裕がありませんから」

平然と、呼吸をするように愛情の籠った言葉を次から次へと口にする俺に、クレル様はとても恨めしそうな表情を作った。本当はもう少し、彼女をからかって楽しみたいところなのだが、残念ながら相談の手紙はまだ残っている。一旦、ここらで引くとしよう。勿論、後ほど再開するが。

「クレル様、まだまだ相談の手紙が残っています。続きをしましょう。ほら、手が止まっていますよ」

「誰のせいですか……」

パタパタと熱の籠った顔を片手で扇ぎ、クレル様は次の手紙を手に取った。さて、次はどんなくだらない悩み相談が来るのか。

と、様々な予想を立てていた時、気が付いた。

「？　どうかなされましたか？」

何故か、クレル様は一枚の手紙を見て硬直していた。

内容に頭を悩ませている、というわけではないようだ。細めた瞳に、笑みの消えた口元。およそ相談の手紙を読む時の表情ではない。

何か、彼女の心をざわつかせることが書かれていたのだろうか。

長年の付き合いからクレル様が不機嫌になっていることを察すると、彼女は無表情のまま俺に手紙を差し出した。

「どうぞ。これは、ロート宛ての手紙です」

「？」

名指しで送られて来たということか？

脳裏に疑問符を浮かべながら手紙を受け取り、紙面に視線を落とし——すぐに、クレル様がご機嫌斜めになっている理由を理解した。

簡単に言えば、ラブレターだった。

以前、俺が直接出向いて悩みを解決した相談者が、俺宛てに感謝と恋心を綴った手紙を送ってきたのだ。無論、正体は明かしていないので、黒衣の貴方へ、と宛名が書かれている。既に二年ほど黒目安箱の相談人をやっているが……こんなことは初めてだった。

「黒目安箱に恋文とは……おかしな人もいるものですね」

苦笑しながら読み終えた手紙を折り畳み机に置く。と、先ほどから不機嫌を全面に押し出しながら俺を凝視していたクレル様が口を開く。

「嬉しそうですね……ロート」

「勿論、悪い気はしていませんよ。人から好意を寄せられるというのは、嫌いではありませんから」

「……」

俺の言葉を聞いたクレル様は拗ねた様子で口を尖らせた。

その表情は大変可愛らしく、小一時間ほど鑑賞した後に感想文を書きたいところ。だが、主の機嫌を損ねたままにしておくのは、俺の本意ではない。可能ならば、愛する主にはずっと笑顔でいてほしい。

「しかし、嬉しいというわけではありません」

「！」

「御存じの通り、俺が嬉しいと思う好意は他でもない、俺が心の底から愛しているクレル様からの好意のみです。そして、俺の中にある好意を受け取るスペースは、クレル様の分しかありません」

「………………」

段々と、クレル様の頬に赤みが差してきた。これが夕方であれば夕陽のせいだ、と言い訳をすることもできただろう。残念ながら今は午前中で、日差しもクレル様には当たっていない。照れて赤面していることの言い訳は一切できない状況である。

……少し、意地悪してみようか。

俺は普段見せることのない、悲しげな表情を作った。

「まぁ、肝心のクレル様は……俺のことをあまり、良くは想っていないようですが」

「え――」

目を見開き、反射的に口を開きかけたクレル様。

彼女が言葉を紡ぐより先に、俺は言葉を続ける。

「思えば、俺の告白に全く答えを出して下さらないのも、そういうことなのでしょう。申し訳ありません、クレル様。好きでもない男からの告白など、不快以外の何ものでもありませんでしたね。今後は一切、そのようなことは――」

心に傷を負いながらも、それを相手に悟られないよう必死に笑顔を取り繕う青年の演技をしながら、俺が頭を下げようとすると、

「そんなことないですッ!!」

クレル様が机に両手を置いて立ち上がり、普段は出さないような大きな声で叫んだ。

次いで、右手を自分の胸に当て、真っ直ぐに俺の目を見ながら言葉を連ねる。

「私がロートを嫌うなんてことは、絶対にありえません。貴方は私に生きる希望を与えてくれた、恩人なんです。多くの人から蔑まれて、生きる気力も意味も失っていた私に手を差し伸べてくれた。そんな特別で大切な人を……嫌う、なんて……っ」

言っている途中で、段々と恥ずかしくなってきたのだろう。最後のほうは声が小さすぎ

て、ほとんど聞き取ることができなかった。

流石に、意地悪しすぎたかな。

軽く反省しつつ、俺は口元に手を当て、笑いながらクレル様に謝罪した。

「申し訳ありません、クレル様。意地悪が過ぎましたね」

「！　え、演技だったんですか⁉」

顔を真っ赤にし、目尻に小さな涙の雫を浮かべたクレル様に、頷きを返す。

「当然です。クレル様が俺のことを嫌うはずがありませんし、何より、俺は告白の回答を貰えなかったくらいで諦めるような男ではありません。一回で駄目なら十回、十回で駄目なら百回、百回で駄目なら千回と、答えを貰えるまで告白し続けるのが、俺という男です」

「も、もう！　本当にロートを傷つけてしまったと思って……罪悪感を覚えていたんですよ？」

「フフ、罪悪感を覚えてくださるということは、それだけ俺のことを考えてくださっているということでしょう。御心配なさらずとも、俺はいつまでも待ち続けますので。ただ、」

俺はクレル様の瞳を見つめ、ポツリと呟く。

「偶には言葉にしていただかないと、不安になります」

「……」

口を閉じ、視線を部屋のあちこちに泳がせたクレル様は、やがて顔を赤くしたまま口元に両手を当て、

「――大好き」

「その言葉が聞けてよかった」

心の底から湧(わ)き上がる充足感(じゅうそくかん)を心地(ここち)良(よ)く感じ、この世界に生を受けた喜びを噛(か)みしめる。

嗚呼(ああ)、俺はクレル様と出会うために生まれ、彼女から愛の言葉を頂戴(ちょうだい)するために、茨(いばら)の棘に身体(からだ)を傷つけながらこの国にやってきたのだと、本気で思う。

皇后陛下には、言葉では言い表すことができない感謝の念を抱く。但(ただ)し皇帝、てめぇは駄目だ。今度会ったらまた殴(なぐ)り飛ばしてやる。

「さて、クレル様の可愛らしい御姿(おすがた)を見ることができたところで、次に行きましょうか。ほら、手が止まっていますよ？」

「だ、誰のせいだと思っているんですか……」

パタパタと熱を帯びた顔を片手で扇(あお)ぎ、クレル様は次の手紙を取った。

今のところまともな……というよりも、真面目な相談の手紙は一通もない。もしかした

ら、今日の手紙は全てふざけた内容のものかもしれない。

最悪の結果――平和的なので、最悪ではないのかもしれないが――を覚悟しながら、クレル様が読み上げるのを待つ――と。

「ロート、これ……」

クレル様が神妙な面持ちで手紙を俺に手渡す。

彼女の表情からただならぬ相談が舞い込んで来たと察した俺はそれを受け取り、文面に視線を滑らせ――目を細めた。

……なるほど。久しぶりに、本格的に行動しなければならない相談が来たようだ。

これまでのふざけた手紙のことは忘れ、俺は弛緩していた気持ちを引き締めた。


――ミフラス魔法博物館に先日、エトワの魔鍵を頂くという予告状が届きました。どうすればよいのか、私一人では適切な対処が取れません。どうか、力をお貸しいただけないでしょうか。

魔法博物館館長　ストルム＝クレイバーナ

◇

早めの昼食を取った後の、正午。

俺とクレル様は手紙の差出人である人物——ストルム＝クレイバーナ氏に直接話を伺うため、馬車に乗って皇都にある魔法博物館に向かっていた。クレル様の自宅である皇都郊外の屋敷周辺には誰も住んでおらず、従って道の舗装もされていない。そのため、凹凸の目立つ道を進む馬車はかなり揺れている。

「申し訳ありません。博物館から帰宅次第、皇都周辺全てを凹凸のない平らな焼け野原……もとい舗装された道へと整備しますので」

「焼け野原って言いかけたのは聞こえていますよ……そんなことしなくていいです。私はほとんど屋敷の外には出ませんし、道路が舗装されていなくても困りません」

「なるほど。ありのままの君が好き、ということですか」

「全然違います」

「わかっております」

俺の対面に座っているクレル様は大きな溜め息を吐き、小さな窓に映る景色に視線を移す。相変わらず美しい横顔——どの角度から見てもクレル様は美しいが——をジッと眺め

「ところで」と俺は口火を切った。

「珍しいですね。クレル様のほうから俺についてくる、と言い出すとは。何か、今回の依頼は思うところがあったのですか？　いや、国宝が狙われているわけですから、皇族の貴女が心配するのは当然かもしれませんが……」

「別に国宝がどうとかは、全く関係ないですよ」

「では、何故？」

　基本的に、依頼者に会わなくてはならない場合、クレル様が同行することはない。だというのに、今回は食い気味に「私も行きます！　何と言われようともッ！」と謎の倒置法を用いて強引についてきたのだ。一体何が、外出すると確実に何らかのトラブルを引き起こすポンコツ皇女様を駆り立てたのか。

　俺の至極当然の問いを受けたクレル様は、懐から依頼が書かれた手紙を取り出した。

　そして、

「…………筆跡が、女性のものだったんです」

「なるほど。理解しました」

「最後まで説明させてくださいよッ！」

　クレル様は不満げに言うが、長々と詳細を説明しなくとも、既に察することができる。

俺は別に難聴ではないのでな。

「要するに、女性の依頼者の下に俺一人で行かせたら、また余計な恋慕を植え付けてくるかもしれないと考えたわけですか。心配し過ぎだと思いますけど」

「し過ぎじゃないです！　さっきだって、あんな恋文が送られてきたばかりですし……これ以上、ロートのファンを増やさないでください！」

「増やしているつもりはありませんが」

「増やす原因を作っているのは他でもないロートですからね！」

不満そうにクレル様は俺に言うが、そんなこと言われても俺にはどうすればいいのか見当もつかない。黒目安箱に投函された依頼を解決するのは公務であり、仕事だ。流石に毎度クレル様を連れて行くわけにもいかず……全く、我儘を言ってくれるものだ。そういうところも可愛いのだけれど。

やれやれ、と首を横に振って溜め息を吐くと、クレル様はビシッ！　と俺に人差し指を向けた。

「いいですか？　貴方は……わ、私のものなんですからね？」

「それは理解しておりますが、そういうことを自分から言って恥ずかしくないのですか？」

「……………………恥ずかしいので指摘しないでください」

徐々に顔を赤くし、クレル様は目尻に涙を浮かべた。普段ならば自滅した後に顔を両手で隠して無言になるのだが……珍しいことに、今日は羞恥に染まった顔を隠すことなく、言葉を続けた。

「だ、だから、その、あの……あんまり、不安にさせないでください」

弱々しく言いながら、クレル様は上げていた手を下ろした。まだ何か色々と言いたそうな顔をしているが、彼女は口を開きかけては閉じて、を繰り返す。上手く言葉にできないもどかしさを抱く主に、俺は思わず笑ってしまいそうになる口元に手を当てて言った。

「正直、これに関しては俺がどうこうできるものではありません。幾ら俺が有能であるからといっても、他人の心を操作することはできませんから」

「……」

「なので、俺にできることをするならば――」

一度言葉を区切り、俺はクレル様の右手に、左手の指を絡ませた。

「！」

「毎日口にしている、愛している、という言葉を増やすくらいですね。大丈夫、俺はこれまで、クレル様以外にこの言葉を贈ったことは一度もありません」

「……」

絡めた指、触れ合う手に視線を落とすクレル様に、俺は続ける。

「大丈夫ですよ、クレル様。俺の心はクレル様に奪われたままで、俺の手元にはありません。ですから、他の女性に目移りするなんて、あり得ませんから」

「……本当ですか？」

「はい。それでも信じられないようでしたら、毎日の口づけもお約束しましょう」

その場合、俺の理性が持つかどうかは定かではないが。

しばらくの間、クレル様は視線を落としたまま身体を止めたままだったが……やがて、赤みの引いた顔を上げ、口元に微笑を浮かべた。

「ごめんなさい。我儘を言ってしまいましたね」

「お気になさらず。主の我儘を受け入れるのは、従者の役目ですから。それで、どうされますか？」

「？　どうする――って」

それが意味することを理解したクレル様は、あちこちに視線を泳がせ、最終的に天井の一点を見つめて言った。

「ほ、保留、で」

「了解しました。チッ」

「舌打ちしましたか⁉」

「？　空耳ではないですか？　俺がクレル様の眼前でそんな下品なことをするわけがないでしょう」

「よ、よくそこまで堂々と嘘がつけるものですね……」

ぐぬぬ、と疑惑の視線を向けてくるクレル様に、俺は素知らぬ顔で通す。嘘も執事の武器の一つだ。顔色を変えるようでは有能、一流を名乗ることなどできない。

追及しても答えは変わらない、とこれまでの経験から察したのか、クレル様は一度大きな息を吐いてから話題を変えた。

「は、話が大分逸れてしまいましたが……いきなり向かって大丈夫ですか？　事前連絡もなしに伺うのは、とても失礼だと思うのですが」

「ご心配なさらず。屋敷を出る前に事前連絡は済ませ、午後は閉館にしていただいております。来館者はいません」

「態々、閉館に？」

「当然の判断かと」

今回の予告状は、関係者以外に聞かれてはならないトップシークレット。例え関係者以外立ち入り禁止の部屋で話すとしても、すぐ外に赤の他人がいる状態では何処から聞かれているかわかったものではない。そんな状態での密談は避けるべきだ。

それに加え、今回は狙われている物が物だけに、あまり呑気なことも言っていられない。

「皇国が誇る高位の魔鍵――エトワの魔鍵が狙われているのですから、悠長なことをしていると盗まれてしまいます」

「エトワの魔鍵、ですか」

復唱したクレル様は顎に手を当てた。

「確か、皇国の最重要国宝に指定されている魔鍵、でしたね。他の魔鍵とは一線を画すほどの力を持っているとか」

「実際に契約した者はいないので、どんな力を秘めているのかは謎に包まれていますが」

捕捉し、俺は窓の外に見えてきた皇都の街を一瞥した。

本来世界には存在しないはずの、マナと呼ばれるエネルギーを用いて魔法という力を発現させる魔法士は皆、魔鍵と総称される特別な道具を持っている。

魔鍵とは、簡単に言えば魔法士が魔法を使うために必要不可欠な道具であり、使用者と魔法的な契約を結んだ相棒、という関係でもある。

未だに謎が多く未知の道具とされている魔鍵には、七つに分類された位階が存在し、上位の位階ほど強大で絶対的な力を持っている。

地の雑兵──第一天鍵
園の騎士──第二天鍵
死の裁定──第三天鍵
金の楽園──第四天鍵
悪の絶望──第五天鍵
空の知恵──第六天鍵
神の聖域──第七天鍵

この位階は数百年ほど昔、とある古代遺跡から出土した石板に記されていたのだと言う。最も数が多いのは第二天鍵。逆に最も数が少ないのは、最高位である第七天鍵である。第七天鍵は世界で五本しか発見されておらず、最後の一本が表舞台に姿を現してからは、新たな魔鍵の出現は報告されていない。

「魔鍵は世界中に多く存在していますが、上位二つである第六天鍵と第七天鍵は極端に数が少なくなります。二つ合わせて、五十もないでしょう」

「そんなに少なくなるんですか？」

「ご自身や俺が基準では理解できないかもしれませんが、実はそれほどまでに貴重なのです。今回狙われているエトワの魔鍵は、第六天鍵(ゼブル)に名を連ねていますね」

「極端に数の限られた高位の魔鍵、というわけですか。世の中には高位の魔鍵を手に入れたい人は大勢いるでしょうから、狙われるのは不思議ではなさそうですね」

「そうですね。ただ、手に入れたからと言って契約できるとは限りませんが」

　高位の位階を持つ魔鍵は、万人(ばんにん)が契約を結ぶことができるわけではない。魔鍵自身が主に相応(ふさわ)しいと認めた人間でなければ、相棒にはなってくれない。第七天鍵(アラボド)に関しては、自ら主に相応しい人物を引き寄せる、とまで言われているほどだ。

「まぁ、魔法士がより高位の魔鍵と契約を結びたいと思う気持ちは、わからないでもないです。魔法士と魔鍵の契約は、命の契約でもあります。魔法士が死んでも魔鍵は無事ですが、魔鍵が破壊(はかい)された場合は魔法士も絶命しますから。命の安全のためにも、強い魔鍵を欲(ほっ)するのでしょう」

「あ、だから魔鍵は魔法士の命と呼ばれることがあるんですね」

「俺は貴女が魔鍵と契約を結んだ直後に説明しましたよね？　大事だから、忘れてはいけませんよとも言いましたよね？」

「あ、あれ～？　そ、そうだったかなぁ～？」

　クレル様はわざとらしく視線を逸らして慌(あわ)てる。

散々肝に銘じておけと言ったんだが……これは帰ったら、足壺マッサージの刑に処するとしよう。勿論、拘束ありの長時間コースで。痛がり絶叫を上げる姿が目に浮かぶ。可愛い。

と、あまりの痛みに泣いて叫ぶクレル様の姿を想像していた時、馬が嘶きを上げて停止。窓の外を見ると、そこには白いドーム状の建造物が聳え立っていた。

どうやら、到着したらしい。

「では、下りましょうか。車椅子とお姫様抱っこ、どちらがいいですか？」

「えっと……」

いつもならば即答で『車椅子ですよ！』と叫ぶところなのだが、意外なことにクレル様は少しの逡巡の後、

「お姫様抱っこは魅力的ですけど、今回は車椅子でお願いします」

と言った。

そんな返しをするなんて珍しいな。そう思いながらクレル様を見ると、『言ってやりました！』とでも言うかのようにドヤ顔をしていた。

確かに、今の返しは中々どうして。しかし、その後の態度や振る舞いは半人前。

自分の返しに対して、更に反撃が来ることも予想してください、お姫様。

「かしこまりました。では、明日一日は車椅子ではなく俺のお姫様抱っこで移動することにしましょう」

「勘弁してくださいッ！」

馬車を下りた俺たちは来館者用の正面扉ではなく、職員用扉がある建物裏手へと回った。屋敷の電話で来訪を伝えたところ、正面扉は施錠するので裏手にある職員用扉から入るように指示をされたのだ。博物館側から助けを求められたとはいえ、午後を急遽休館させてしまったことは申し訳なく思っているので、俺は特に文句を言うこともなく了承……したのだが、何故か応対した職員は異様なほどに慌てふためき、申し訳なさそうに何度も何度も謝罪を繰り返していた。一瞬、謝罪をすることに快感でも見出しているのかと思ったが、考えてみれば恐れられるのは無理もないことだった。

クレル様が座る車椅子を押し、博物館の裏手に向かって歩くこと、数分。

「……あの、ロート」

「なんでしょうか」

「彼らは、何をしているのですか？」

「見ての通りだと思いますが？」

何を言っているのですか？　馬鹿ですか？　阿呆ですか？　という意味を含んだ声音で問い返すと、クレル様は項垂れ、肩を落とした。

「私は一体……なんだと思われているんですか！」

「何って、そりゃあ……」

俺は顔を正面に向け、目的の職員用扉――その前に整列し、肩を震わせながら頭を下げる大の大人たちを見た。流石に、全職員というわけではないだろう。閉館しているとはいえ、仕事は多くあるはずだから。しかし、彼らの年齢から考えると、博物館の責任ある立場の者は全員揃っているようだ。

肩を震わせているのは、恐らく畏怖と恐怖を感じているから。

見事なお辞儀を見せる彼らから、俺は再びクレル様に視線を戻して告げる。

「もう一度言いましょう。見ての通りです」

「うぅ……私、ロートに出会ってから色々と変わってしまいました……。以前は虐められる弱い存在だったのに、今では道を歩くだけで恐怖と畏怖と敬意を向けられる大魔王になりました……」

「以前とは凄い違いですね」

「本当にそうですよ。でも、こんなに行き過ぎた畏怖は欲しくなかったです……」

弱々しく言い、クレル様は大きく息を吐いた。

自己顕示欲の強い者たちとは違い、クレル様は注目されることを苦手としている。大勢の人の目に晒されることは勿論のこと、人混みなどに行くことも好まない。

内気とまではいかないまでも、内向的な性格の彼女からすれば、こうして畏怖や恐怖を抱かれることは決して喜ばしいことではないのだ。

つまり――彼らは、クレル様の気分を害しているということになる。

俺はクレル様の耳元に口を近づけ、尋ねる。

「彼らの態度が気に食わないのでしたら、全員の意識を飛ばしましょうか？」

「そんな暴力的な行動に出ないでください……そこまでする必要はありません」

「でしたら、我慢しましょう。帰ったら、たっぷり慰めてあげますから」

「…………」

途端、クレル様は顔を前に向け、キリッとした表情を作った。

依存度は着々と上昇している、と。

俺は心のメモに書き、車椅子を押して職員たちの下へと近づいた。

「えっと、まずは急に博物館を休館にしていただいて、ありがとうございます。館長さん

「……ストルム＝クレイバーナさんは……」

クレル様が職員を見回して探すと、俺たちの最も近くにいた年若い女性が片手を上げた。肩口まで伸びた綺麗な茶髪に同色の瞳が特徴的で、俺の肩辺りの背丈と、女性にしては身長が高い。中々勇気があると見た。

彼女はおずおずと薬指に銀の指輪を嵌めた左手をそのままに、若干震えた声音で俺たちに説明する。

「か、館長は今……博物館三階に展示されている、エトワの魔鍵の……展示室に、おられます」

「三階ですか。えっと、行き方がわからないので、案内していただけると助かるんですけど……」

「あ、案内、ですか……」

露骨に嫌そうな顔……いや、もはや泣きそうな顔になった女性は、助けを求めるように他の職員に目を向ける。しかし、『頑張れ！』と激励されるだけであり、事実上見捨てられる結果に終わった。

女性は本気で泣きだしそうに……あぁ、目尻に雫が。

……仕方ない。これ以上時間をロスしたくないし、何よりも泣かれるのは面倒だ。

　俺はクレル様に断りを入れてから車椅子を離れ、絶望の表情を浮かべている女性に近寄り――嘘に塗れた微笑を張り付け、彼女の頬に触れた。

「過度な不安を抱かなくても大丈夫です。多くの人は恐れを抱いていますが、クレル様はとても優しい御方ですから。万が一にも危険な目には遭いませんよ。仮にもし、彼女の逆鱗に触れてしまったとしても、俺が傍にいます」

「…………」

「館長の下までの案内、引き受けてくださいませんか？」

　俺は女性の目尻に浮かんだ涙の雫をハンカチで拭い、さり気なく彼女の手を握る。

　すると、女性は頬を紅潮させ、言葉を発することも忘れて頷いた。

　はい完璧。人間って扱いやすくて好きだぜ。

　持っていたハンカチを女性に手渡し、俺はクレル様の下に戻る。と、我が主は頬を膨らませ、ジトッとした瞳で俺を睨んでいた。例えるならば、頬袋の中に大量のどんぐりをパンパンに詰めた状態で、縄張りを荒らしに来た敵を威嚇している時の栗鼠のように。

「……なんで私が悪者扱いされているんですか」

　ムスッと、クレル様は俺に言う。不満に思っていたのはそこか。

「諦めてください。仮にも貴女は皇族であり、民から畏怖される存在なのですから」

「私が怖がられているのは、明らかに別の理由ですけどね……」

「虐げられて不当な扱いを受けるよりは、マシだと思います。さ、行きましょう」

「はい……はぁ」

俺は車椅子を押し、案内を頼んだ女性の下へと向かった。

「それではお願いしますね。えっと……」

「あ、申し遅れました。エルネ＝オリウデルと申します」

「ご丁寧にどうも。こちらのクレル＝カレアロンド第三皇女殿下の専属執事を務めております、ロート＝グラントルと申します」

簡単な自己紹介をした後、女性――エルネの後に続き、俺たちは博物館の中に入っていく。

皇国が運営し、数多くの国宝級の宝物が展示されているだけあり、館内の警備は普段から厳重と言えた。一つのフロアに警備員が二人以上常駐しており、その全員が一定以上の実力を持つ魔法士。魔鍵の位階で全ての実力が決まるというわけではないが、恐らくは第三天鍵以上を持つ者に違いない。

俺は通り過ぎるだけのフロアの展示物を見て、ポツリと呟く。正確には、展示物を護るガラスケースを見て。

「展示物を護るケースは……特別強力な対魔強化ガラスですか」

俺の呟きに、エルネが頷く。

「その通りです。第四天鍵以下の魔鍵が放つ魔法は全て防ぎ、物理的な衝撃にも耐性を持つ特注品を使用しています。魔法士の警備員もいますので、展示物を盗むことはほぼ不可能に近いです」

「なるほど。それほどの警備力でしたら、我々が力をお貸しする必要はないかもしれませんね」

「そうかもしれませんね」

俺は相手に警戒心を抱かせない柔らかな声音で話す。すると、エルネは狙い通り当初の緊張感を解いて俺に接していた。この分ならば、クレル様への恐怖心も既に薄れていることだろう。

と――。

「ロート……随分と楽しそうにしていますね」

「嫉妬ですか？　ヤキモチですか？　拗ねているんですか？　何にせよ今の言い方グッと来たのでもう一度言ってもらってもよろしいですか？」

「ち・が・い・ま・す！」

ムキになって両腕をブンブン振り回しながら、クレル様はぷいっと顔を背けてボソボソと言った。

「ただ、その……なんで私には厳しいのに、他の人には優しいのかな、って」

それは嫉妬ですね。素晴らしい。

妬いているクレル様はとても可愛らしいのだが、拗ねさせてしまったままだと、いずれは不機嫌へと変化してしまう。ヤキモチを焼かせてしまったのなら、しっかりとそのケアもセットで行わなければならない。これ、世界の常識です。

俺はエルネに聞こえないようにクレル様の耳元に口を近づけた。

「ご安心を。彼女……だけでなく、クレル様以外に向ける笑顔は全て贋作ですので」

「でも、贋作だとしても笑顔は笑顔じゃないですか」

「第三者、それも初対面の人間には無愛想に接するよりも、笑顔で接したほうが、都合が良いのです。警戒心を解き、印象を良くすることで有利な点が幾つも生まれる。対人技術というのはこういうことでございます。それに、嘘偽りのない純度百%の笑顔はクレル様にしか向けません」

「そんな笑顔向けられたことはありませんけど」

「普段の行動を思い返してください。やらかしてばかりの人に笑顔なんて向けません。向けるのは、親愛の心と愛の言葉だけです」

「それは本来笑顔とセットで向けるものだと思いますよ」

「いずれ見る機会は必ず来ますので、お楽しみに」

それが一体いつになるのかは、わからないけれど。

俺は内心で呟きながらクレル様から顔を離し、先程からこちらをちらちらと窺いながら前方を歩くエルネに声をかけた。

「エルネさん。先ほども申し上げましたが、クレル様は怖い御方ではありませんよ」

「！　あ、いえ、その……やはり、私とは住んでいる世界が違う崇高な御方ですので、どうしても……」

一瞬、エルネはクレル様に目を向けるが、すぐに委縮して逸らしてしまった。

やはり、他の皇族のように親しみやすく愛される、というわけにはいかないか。

クレル様は公務に参加された経験が無く、ほとんどの民はクレル＝カレアロンド第三皇女という名前を知っているだけ。謎めいた皇族という肩書に悪い噂が定着し、巷では少しの無礼も許されない恐ろしい人物と言われているのだ。

特に、皇宮関係者からは、とても恐れられている。奴らは過去、クレル様に色々とやらかしているらしいので、報復を恐れているのだろう……勿論、俺の存在も大きいが。

「ロートの言う通りですよ」

そこで、クレル様が微笑を浮かべてエルネに言った。

「私は人から畏怖を受けるような者ではありません。身体は病弱で、誰かの支えがないとまともに生活することもできない。おまけに、皇族なのに誰かの上に立つような器でもありませんから」

「はい。無能でポンコツで何をやっても空回りするダメダメで情けないお嬢様です」

「言い過ぎじゃないですか？」

事実なので、俺は無言で首を傾げる。クレル様もそれが事実ということを理解しているからか、何も言い返すことをせずに俺をジッと睨んでいた。

「……羨ましいですね」

俺たちの様子を見ていたエルネは口元に手を当てて笑い、巨大な鉄の扉の前で立ち止まった。重厚なその扉の上部には小さく『魔鍵の間』と書かれている。

つまり、ここにエトワの魔鍵が展示されており、依頼主である館長がいるというわけか。

エルネは扉を三度強く叩き、ゆっくりと押し開いた。

「館長、クレル＝カレアロンド皇女殿下とお付き人の方をお連れしました」

先に室内へと入ったエルネに続き、俺とクレル様も中へ進んだ。

端的に言えば、圧巻の一言だった。

正方形の室内。その壁に沿うように設置されたガラスケースの中には何十本もの魔鍵が並べられており、中には第五天鍵に分類されるものまで含まれている。一流を自負する魔法士としては、貴重な魔鍵の数々には興味を示さないわけにはいかない。

「何か、興味のある魔鍵がありましたか？」

「俺はクレル様の執事ですが、その前に一流の魔法士ですからね。魔鍵と言うのは位階に拘わらず、全てが魅力的です」

俺がそう返すと、クレル様は意外そうに言った。

「あら、この部屋にはロートの魔鍵以上の位階を持つ魔鍵は、一つしかないと思いますけど」

「それは……あれのことですか？」

俺は視線を部屋の中央に移し、そこにあった一つのガラスケースを見た。

はっきり言って、異質。ガラスケース越しにも魔鍵が内包している濃密なマナが感じられ、目を離すことを躊躇ってしまうほど、何か引力のようなものを感じた。

そんな魔鍵のすぐ近く、ガラスケースから一メートルほどの場所で、一人の男性が直立した状態で俺たちを見ていた。白髪交じりの焦げ茶の髪をオールバックにし、黒縁眼鏡を着用。レンズの奥には優しげな瞳が見え、如何にも紳士という言葉が似合うジェントルマン。

彼は俺たちと目が合うと、胸に手を当て丁寧に一礼。

この部屋にいるということは、彼がそうか。

男性の素性を予想し、俺は止めていた足と車椅子を動かし、彼の下へと歩み寄る。と、男性は柔和な笑みを顔に貼り付け、自己紹介をした。

「お初にお目にかかります、クレル＝カレアロンド皇女殿下。そして、お付き人のロート＝グラントル様。この度はご足労いただき、ありがとうございます。当博物館の館長をしている、ストルム＝クレイバーナです」

「ご丁寧にどうも――って、あれ？」

館長の挨拶を受けたクレル様は、意外そうに首を捻った。

「館長、男性なんですか？　手紙の筆跡的に、女性かと思ったんですけど……」

「あぁ、手紙を書いたのは、彼女なのですよ」

クレル様の反応に納得がいった館長は、近くにいるエルネに手を向けた。

「予告状が届いた時、私の手が汚れていまして……代わりに、エルネ君にお願いしたのです」

「そういうことだったんですか……」

「クレル様はいらない心配をした、ということですね」

「……いえ、博物館には多くの女性がいるので、ついてきて正解だったと思います。ロートが手当たり次第に余計な感情を植え付けるかもしれないので」

「クレル様、口が悪いですよ」

「ロートにだけは言われたくないです」

いつも通りのやりとりを済ませ、俺は館長に目を向ける。

相手は既にこちらのことは知っているようなので、自己紹介は必要ないだろう。早速、手紙に書かれていた犯行予告について話を進めたいところではあるのだが……俺には一つ、どうしても言っておきたいことがあった。

「館長。貴方にも事情はあったのかもしれませんが、この博物館の最高責任者が、仮にも皇族であらせられるクレル様を出迎えないというのは、些か礼儀に反するのではないでしょうか？」

「ろ、ロート！」

「クレル様。これは大切なことです」

寛容な心をお持ちであるクレル様は、小さなことであると許すかもしれない。だが、クレル様が一度許してしまえば、それは他の皇族にも同じことが許されるということになってしまう。多少の失礼は許される、という前例はあってはならないのだ。

俺が軽く睨みをきかせていると、館長は申し訳なさそうに頭を下げた。

「大変申し訳ございません。確かに、皇族である御方に対してあるまじき無礼でございました。何なりと罰をお与えください」

謝罪の言葉を聞いたクレル様は、慌てて両手を振る。

「そ、そんないいです！　寧ろ、急に押しかけてしまったこちらにも非があることですから……お互い様、ということにしましょう？　ロートも、それでいいですね？」

「クレル様がそう判断されるのであれば、俺に異論はございません。しかし、館長がこの部屋に残り続けた理由はお聞かせ願えますか？」

この部屋から離れることができない事情があったのだろう。皇族を出迎えることをすっぽかしてしまうほど、大切な何かが。それが一体何なのか。それくらいは教えてくれてもいいと思う。

回答を求めて館長を見るが、彼は曖昧な笑みを浮かべて頬を掻くだけ。

まさか、何かやましいことでもあるのだろうか？　そんな考えが頭を過った時、ここまで同行したエルネが答えた。

「館長は、その……最近はずっとこの部屋にいます」

「？　それは何故？」

「不安なのですよ」

館長は傍のガラスケースの中に鎮座している魔鍵を見ながら言った。

「予告状が来てからというもの、気が気でないのです。私が目を離している隙に盗まれていたらどうしようかと思い……ぐっすり眠ることもままならないのです。このエトワの魔鍵が……無くなってしまうのかと思い」

「……なるほど」

クレル様を出迎えている時に、盗まれるかもしれないという不安が強かったわけか。礼儀として、常識としてはどうかと思うが、館長としての責任感の強さは高く評価しよう。

恐らく、責任感が強すぎて誰かに迷惑をかけることを恐れた結果、誰にも相談ができず黒目安箱に頼ったのだろう。そういうことなら、挨拶の件は不問にするとしようか。悪いのは、予告状を送りつけてきた馬鹿だからな。

「なら、仕方ありませんね。クレル様も許しましたし、俺からは何も言いません」

「ありがとうございます。それにしても……まさか、黒目安箱の相談人が皇女殿下とは思いませんでした」

意外そうに言う館長に、クレル様は口元に手を当てて笑う。

「フフ、実際にお会いした方々は、大抵そんな反応をされます。まぁ、普段はロートが正体を隠して解決するので、私が同行することは滅多にないんですけど。今回のような場合、黒目安箱の相談人が私たちであることを口外しない誓約を交わして、問題解決の助力をしています」

説明するクレル様を横目で見やり、俺はボソッと言った。

「クレル様を連れて行くと邪魔——色々と不都合がありますからね」

「今邪魔って言いかけましたよね？」

「申し訳ございません。お荷物、と表現するべきでした」

「意味変わらないでしょうッ！」

「事実ですので」

とは言いつつも、クレル様が同行してくださることで生じるメリットもある。世界で最も尊く愛しい彼女がいるお陰で、俺は普段の依頼で感じるストレスを感じることなく仕事に集中することができるのだ。ストレスの原因は当然、クレル様の傍を離れなければならないこと。いつもは一刻も早く屋敷に帰りたい気持ちを抑制しながら依頼を片付けているのだが、今回は天使が常に傍にいる。苛立ちを感じることがないどころか、幸福感を全身で感じながら依頼に徹することができるのだ。素晴らしい。仕事の効率は数千倍に跳ね上がったと言っても過言ではない。勿論、口に出すと調子に乗って勝手に動き回り、ポンコツ具合を露呈することになるので言葉にはしないが。

何食わぬ顔の俺を暫し見つめたクレル様は、小さな溜め息を吐いて館長に向き直った。

「と、こんな風にロートは少し……いえ、かなり口が悪いですが、とても頼りになる人です。信用していただけますか？」

「それは勿論でございます。皇国最強と言われるお二人が助力してくださるというのですから、信頼しないわけにはいきません」

そこで、その場にいる全員が、ガラスケースに入っている一本の魔鍵に目を移した。

持ち手は三日月、先端は十字。二十センチほどの長さの魔鍵は、他の魔鍵と比べて明らかに歪な形状をしている。魔鍵が内包している濃密なマナが可視化して滲み出し、周囲から注がれる光を反射して輝いていた。

美しい。高位の魔鍵に相応しい代物だろう。

全員が見惚れるように魔鍵を眺める中、館長が口を開いて説明する。

「エトワの魔鍵は第六天鍵の位階を持つ、世界でも指折りの魔鍵です。数百年前、皇国西部の砂漠地帯にある遺跡の最下層から発見されました。以後、何百人もの魔法士候補が契約を結ぼうと挑戦しましたが、結果は全滅。これまでに契約を結ぶことができた者はいません」

「好き嫌いがとてつもなく激しい、ということなのでしょうか？」

「はい。適合者がいませんので、エトワの魔鍵が一体どのような力を持っているのか、正確なことは誰もわからないのです。ただ、膨大なマナを持っているということしか」

館長は恋慕を抱く相手を見つめるような視線で、エトワの魔鍵を見つめ続ける。

高位の魔鍵と契約を結ぶに値する適合者が中々現れないのは、よくある話ではある。しかし、過去数百年、発見されてから一度たりとも適合者が現れていないのは、かなり珍しい。世界でも五本とないだろう。

謎に包まれ、契約を結ぶこともままならない気難しい高位の魔鍵。

それを狙う理由は、一体何なのか。

クレル様が魔鍵を見つめたまま、考察する。

「エトワの魔鍵を手に入れても、あまり意味がない気がしますね。手に入れたところで契約が結べる確率は限りなく低いですし、盗品として売却しようにも足がつく。勿論、闇市で売ることもできますけど……」

「闇市で売った場合、その売った者の情報を情報屋が売ることになります。なので、正規のルートで売る以上に素性が露見する可能性が高くなる」

「観賞用として手元に置いておくにしても、溢れ出る濃密なマナは隠すことができません。マナを隠蔽することができるのは、魔鍵と契約を結んだ後ですから。まぁ、エトワの魔鍵を管理する責任者としては、この魔鍵が噴き出す美しいマナを隠蔽するなど冒涜に等しいと思いますがね」

　お前の事情は聞いてねぇ。

　胸の内で吐き捨てながら、俺は過去に実際に起きた魔鍵強奪事件の数々を思い浮かべる。しかし、いずれも目的は未契約の魔鍵と契約して強い魔法士になること。契約できない魔鍵を盗む意味なんて、ないに等しい。

　俺は顎に手を当てながら考え、館長に尋ねた。

「館長。エトワの魔鍵について、何か他に情報はないのですか？　狙われる理由になりそうなものは」

「情報……そうですね……」

　腕を組んで考え込んだ館長は、やがて自信のない口調で言った。

「これは今現在でも議論されていることで、あくまで仮説の段階に過ぎないことなのですが……」

「構いません。今はとにかく、不確定のものでも情報が欲しい」

強く言うと、館長は渋々、と言った様子で口を開く。

「……エトワの魔鍵には、『乱調』の力が秘められていると言われているのです」

「乱調、ですか」

それはまた……何とも恐ろしい力を。

俺が思わずエトワの魔鍵を鋭い視線で見つめると、くい、俺の裾を引っ張ったクレル様が問うた。

「乱調とは、なんですか？」

「調和している現象や事象を乱し、崩壊させるということです。正常に動作しているものを狂わせる、と言ってもいいでしょう」

規則正しく動いている物の動きを狂わせるというのは、想像以上に恐ろしい力でもある。言ってしまえば、一定のリズムで動いている人の心臓のリズムを狂わせれば、それだけで人間は死ぬ。確かに、第六天鍵に相応しい力……いや、その効力によっては第七天鍵にも匹敵しうるかもしれない。悪用されれば、犠牲者は数千では済まないだろう。

ただ、疑問が残る。

「妙な話ですね。エトワの魔鍵は契約者が存在しないのでしょう？　なぜ、そのような力があるという仮説ができたのですか？」

「実際に魔鍵の力を目にした者がいる、というわけではありません。エトワの魔鍵が出土した場所のすぐ傍に『乱調の化身』と書かれた石板が出土したことから、このような仮説が立てられました。しかし、あまりにも確実性がないので、公にはされていません」

あくまで、可能性の低い話の一つ、ということか。魔鍵の研究は進められているとはいえ、まだまだ謎は深い。実際にそんな力があっても、不思議ではないな。

傍で話を聞いていたクレル様が腕を組み、首を傾ける。

「となると……う〜ん、全然わかりませんね。何を目的に犯人は魔鍵を狙うのでしょうか」

クレル様が右手人差し指をこめかみに当てて考えるが、そんなことをして案が思い浮かぶならば全員そうしているだろう。全員がこめかみに人差し指を当てる現場なんて、カオス過ぎて想像もしたくない。特におっさんがやっているところなんて。

「まぁ、盗人の気持ちは盗人にしかわかりませんから。俺たちがどれだけ考えても正解を見つけ出すことはできないでしょう」

「では、ロート。どうするのですか？」

「当然、できることをするまでです」

相談に乗った以上、可能な限りのサポートはしよう。俺は口が悪いが、困っている者を放置するほど性根が腐っているわけではないからな。

「館長、予告日はいつですか？」

「十四日後の午後九時と書かれていました」

「二週間後ですか。では、当日と前後の三日間は、皇宮から警備の者を募ってください。その者たちも含めて、博物館と魔鍵を護ってもらいます」

「警備の増員、ですか？」

館長はなぜ？　と表情で俺に問うてくる。

既に警備の者は十分以上にいる、と言いたいのだろうが……俺からすれば、何故増員しないのかが不思議でならない。

「館長は他の展示室に常駐している警備員をこの部屋に集めればいいと考えていたのかもしれませんが、それは悪手ですので絶対に止めてください」

「し、しかし……外部の人間を館内に入れるのは危険ではないですか？」

「犯人の狙いがエトワの魔鍵かどうかわからない以上、他のフロアの警備を手薄にするわけにはいかないでしょう」

俺がメモ帳に必要事項を書き記しながら言うと、館長は目を丸くし、クレル様は首を傾げた。

「予告状にはエトワの魔鍵を頂くと書かれていたそうですけど……」

「犯人が予告状通りの物を狙うとは言い切れません。エトワの魔鍵を盗むと予告し、警備がそこに集中している間に、手薄になっている場所の展示物を狙うということも十分に考えられます。他の物が盗まれてもいいというのであれば、警備の増強をしなくても構いませんが」

「な、なるほど……」

館長は盲点だった、と何度も頷く。全く、多くの貴重品を任されている者であるならば、これくらいは簡単に思いついてほしいものだな。任命した皇国の責任者の顔が見てみたい。

「そもそも、今回の件は黒目安箱ではなく皇国政府が受け持つべき案件だと思いますが。皇宮に相談は？」

「一応問い合わせたのですが、悪戯だと取り合ってもらえず……」

「……まぁ、驚きはしないです」

国宝が狙われているかもしれないというのに、どれだけ平和ボケしているんだか。元々皇国政府のことは信用していないし、失望していたが、今回の件でさらに失望することになったな。

しかし、そうなると館長から警備の増員を要請しても門前払いされる可能性が高いな。

面倒だが、仕方あるまい。

「皇宮のほうには、俺から連絡しておきます。それから、当面の間はこの部屋の警備員を二人ほど増やしましょう」

「魔鍵を裏に下げなくてもよいのですか？」

「裏に下げるということは、同時に人の目が少なくなることを意味します。この部屋に展示しておけば、来館者の目がありますので易々と犯行に及ぶことはできなくなりますから」

注意すべき点は、この二つか。当日は皇宮から信用できる魔法士を警備に当ててもらえるように要請をし、普段はこの展示室の警備を増やす。

元々魔法博物館の警備は厳重なので、これくらいやれば十分だろう。

メモに走らせていた万年筆を止めたタイミングで、クレル様が館長に言った。

「当日は私たちも警備に参加します」

「よろしいのですか？」

「はい。皇国の宝を狙われているのですから、皇族であり魔法士である私も、お力添えをする義務があると思っていますので。いいですね？　ロート」

「我が主の仰せのままに」

クレル様が行くと言っているのに、俺が行かない選択肢はない。彼女一人では、危ない目に遭う可能性があるからな、他の警備員が。

それに、そもそもクレル様一人ではこの博物館に辿り着くことすらできないだろう。途中で道に迷い、馬車の中でめそめそ泣いている姿が目に浮かぶ。一晩中抱きしめて慰めてあげたい――メモ用紙を破る。

「館長が行うべきことを記しておいたので、参考までにどうぞ」

「あぁ、これはどうも――」

と、俺が館長にメモを手渡した時――ガコン、と何処か不吉さを演出する音が鼓膜を震わせた。『ん？』と俺が周囲を見回すと、周囲を囲うように床から柵が出現し、俺たちの逃げ場を奪うかのように立ち塞がった。丁度、エトワの魔鍵を中心に包囲するような形で。

「館長、これは？」

「まさか……エルネ君？」

ギギギ、とからくり人形のようにぎこちない動作で首を動かした館長の視線の先には、エトワの魔鍵が入れられたガラスケースに片手を触れている、エルネの姿が。会話に一切入ってこないと思っていたが、一体何をしているのか。

彼女は彼女で、驚愕に目を丸くしながら、冷や汗と思しき汗をだらだらと流していた。

「館長……どうして解除していないのですか」

「エルネ君こそ、どうしてガラスケースに触れているのだね……」

一拍空けて、

「「……うっかり」」

二人揃って互いの質問に答えた直後——俺は頭上で濃密なマナが生まれるのを感じ、視線を天井へと向けた。

見た瞬間に理解したことだが、周囲に出現した柵は恐らく、侵入者を逃亡させないためのものだろう。そして、エルネがガラスケースに触れていたことを考えれば、エトワの魔鍵を盗もうとした者を閉じ込めておくための、逃亡防止用トラップ。

ここまではわかるし、セキュリティがしっかりしている証拠なので、よしとする。

だが……幾ら何でも、これはやりすぎだ。

「高出力の雷砲なんて……犯人が消し炭になるだろう……」

「凄いセキュリティですねぇ」

「呑気に言っている場合ですか。このままだと全員丸焦げですよ。何処かの間抜け二人のせいで」

嫌味たらしく言うが、原因の二人は既に話を聞いていない。地面に伏せ、頭を抱えて身体を震わせている。せめてクレル様を護るための行動を取れ、馬鹿共。

対して、クレル様は楽しそうに笑い、俺の手を握った。

「それは怖いですけど……私の執事さんは、絶対に私を護ってくれますよね？」

「勿論でございます。どんな魔法であろうと、俺は全てを防ぎます――守護盾鍵」

俺は右手を突き出し、愛鍵の名を呟く。

その瞬間、眼前には五十センチほどの、蒼い輝きを放つ大きな鍵が出現した。

芸術的な螺旋状の先端をしており、蒼いマナを纏い、光を反射して輝いている。出現したそれを力強く握れば、俺の中に形容し難い万能感が湧き上がってきた。この相棒と一緒ならば、どんな困難も乗り越えていける。同時に、そんな絆めいたものも感じる。

「――解錠」

俺は虚空に突き出した魔鍵を反時計回りに捻る。

すると、周囲に響くはずのないガチャリ、という音が響き渡った――直後、空気を弾く放電の唸り声を上げながら、高威力の紫電の槍が天井から降り注ぐ。直撃すれば文字通り、俺たちの身体は黒焦げになることだろう。

そんな未来は、訪れないが。

「――二重王盾」

右手の魔鍵を頭上に持ち上げた瞬間、俺たちを覆うダイヤモンド状の二重の壁が瞬時に出現。展示室の照明や雷の光を内で乱反射させて輝きながら、降り注ぐ雷の威力を完璧に防ぐ。衝撃や威力、轟音に至る攻撃の全てが無意味と化す。

まともに受ければただでは済まない雷だろうが……この程度か。

胸中で吐き捨て、俺はすぐ傍で頭上を見上げているクレル様に言う。

「今しばらくお待ちください、クレル様。すぐに止みますので」

「ええ。相変わらず、惚れ惚れとする美しい防御壁ですね。いつまでも見ていられそうです」

「お褒め頂き恐悦至極。俺も、クレル様の美しいお顔は何時間何日何年でも見続けていられると思っています」

「それは流石に困ります」

そんなやりとりをしながら待機すること、一分。

降り注ぐ雷の光とマナの反応が完全に消滅したことを確認し、俺は防御壁を解除。展示室が凄惨なことになっているのではないかと思ったが、見回してみるとそこは先ほどと何も変わっていなかった。なるほど、展示物への被害は一切ないよう計算されているらしい。だとして、やりすぎであることに変わりはないが。

「クレル様、お怪我は？」

「勿論、ありませんよ」

「わかっております」

「じゃあなんで聞いたんですかッ⁉」

「義務的な安全確認です。さて」

俺はクレル様を宥めるように彼女の髪を撫でた後、助かったと安堵の息を吐いている二人の下へ歩み寄り、膝を折った。

「お二方、言い残すことはありますか？　今ならサービスで三文字だけ許可します」

「早まらないでくださいロートッ!!!」

車椅子から下りたクレル様が俺の下へ駆け寄り、肩に手を添える。納得がいかない俺は彼女へと振り向き、その美しいお顔を間近で見ながら言葉を連ねた。

「全俺の至宝であるクレル様を命の危険に晒したならば、その首を民衆の前に晒すのが常識でございます。俺の中では」

「ロートの中の常識ではなく世間一般の常識で物事を考えてください！　それに、貴方が私の傍にいる時点で大抵のことは危険ではありませんから！」

「そんな、俺たちはまだ互いに十代ですので……そういうことはベッドの上でお願いします」

「一体何の話をしているんですかッ!!!」

ひとしきり叫んだクレル様を車椅子の上に戻した。どうも、今日は機嫌が良いらしい。

「冗談でございます」

「ですから、ロートの冗談は冗談に聞こえないんです……」

「嘘を嘘ではないと思い込ませる術に長けていますので。ただ、言い訳くらいは聞いておこうかと」

おっちょこちょいでは済まされない。もしもこの場に俺がおらず、クレル様だけがいたならば……この博物館は地盤の底まで沈んでいた可能性があるのだ。当然だが、クレル様だけが生き残って。ここはしっかりと注意しておかなければ、再び間違いを犯す可能性がある。

立ち上がった二人の言葉を待つと、まず先に口を開いたのは館長だった。

「……今、生きていることを不思議に思っています」

「そうでしょうね。俺がこの場にいなければ、死んでいたでしょうから」

確実に、と付け足す前に、館長は深々と頭を下げた。

「申し訳ありません。助太刀に来てくださったお二人を危険な目に遭わせてしまい。この責任は全て私にありますので、なんなりと処罰を」

「そ、そんな、館長だけではないですッ！　不用意にガラスケースに触れた私も悪いんです！」

「エルネ君、黙っていなさい！」

「でも――」

俺はクレル様と顔を見合わせた。

これは、あれだ。被害者なのにこちらが悪者に思えてくる、あの現象である。しかも、黙って見ているだけの俺たちはどんな反応をすればいいのかわからず、ただただ気まずくなるだけ。相手にするのも馬鹿馬鹿しく思えてくる。被害を受けたのはこちら側なのだが。

「はぁ。クレル様」

うんざりしながら俺が呼びかけると、彼女は頷き、二人に声をかける。

「特に被害もないので、反省しているのなら結構です。今後はこのようなことがないように」

「……寛大なお心に、深く感謝申し上げます」

俺たちは不毛な責任の奪い合いを見る気がなかっただけである。

はぁ、全く。少し話を聞いてアドバイスをするだけのつもりだったが、予想以上に疲れてしまった。早く帰って、クレル様に足壺マッサージをして癒されるとしよう。

そんなことを考えながら車椅子を押して立ち去ろうとした時、館長が俺に向かって呼びかけた。

「ところで、ロート様の先程の魔鍵は……」

「館長。魔法士の魔鍵や魔法に関することを詮索するのは、マナー違反です」

言ってみるが、予想通り館長は食い下がった。

「承知しております。しかし、研究者の端くれとして聞かずにはいられないのです」

「……」

どうしますか？　とクレル様に問うと、彼女は『多少は教えてあげてもいいのではありませんか？』と俺に返した。相変わらず寛大な心をお持ちのようで。

俺は溜め息交じりに頷き、館長に顔を向けた。

「俺の魔鍵は――守護盾鍵。位階は第六天鍵。守護において、俺の右に出る者はいません」

では。と、今度こそ俺たちは展示室を後にした。

館長はまだ何か言いたげな顔をしていたが、自らの欲をぐっと我慢し、隣にいたエルネと一緒に、俺たちの姿が見えなくなるまで一礼し続けた。

第二章　執事にとって最も大切な仕事は、愛しの皇女様を照れさせることである

「……ッ、～～～～～～～～!!!!」

ベッドの上に横たわったクレル様が枕を力いっぱい抱きしめ、声にもならない叫びを上げて悶絶する。感じる痛みを和らげようと、ゆっくりと三拍子で息を吐いているが、それは妊婦が痛みを和らげるために行う呼吸法だ。決して、クレル様は子供を産んでいる最中ではない。だから、ちょっとやめてもらいたい。

俺はベッドの上で苦痛に喘ぐ主人をジッと見つめ、その姿を目と脳裏に焼き付けながら、彼女に声をかけた。

「どうですか？　クレル様」

「どう……って、言われて、も……」

顔を真っ赤にし、目尻に一粒の雫を浮かばせながら俺を見るクレル様の表情は、グッと俺の心を鷲掴みにした。普段の端正でカットされたばかりのダイヤモンドのような輝きを放つ美しいご尊顔が、今は耐えがたい痛みによって萎れた花のようになってしまっている。

可愛い。可愛い。可愛い。大事なことだから三回言いました。

「ちょ——、ロート！　痛いです！　もう……許してください！」

「クレル様、まだ俺が満足しておりませんよ」

「なんでロートが満足する必要があるんですか!!　明らかに私をいじめて楽しんでいますよねッ!?」

「…………そんなことありませんが」

「今の長い間はなんですか！　というか——」

クレル様は抱きしめていた洗い立ての白い枕を俺の顔面めがけて投げつけ、悲鳴にも近い叫び声を上げた。

「どうして帰宅早々、足壺マッサージをされる羽目になっているんですかッ!!」

俺は飛来した枕を掴み取り、クレル様の足から手を離す。

どうしてって……。

「それは当然、クレル様が以前教えた魔法士として覚えておかなければならないことを忘れていたからでございます」

「わ、忘れたとは言っていないではありませんか!!」

「あの惚け方は明らかでした。それとも、クレル様はしっかりと、俺の教えを覚えていた

というのですか？　それでしたら、あの誤魔化しの前に口にした言葉は一体どのような意味があったのですか？」

「……ぐぅ」

問い詰めると、クレル様は微かに俯いて呻く。ギリギリぐぅの音は出たらしい。

それを見て、俺は溜め息。

「すぐにバレてしまう嘘をつかないでください。大切な主に嘘を吐かれると……従者としては、少しばかり傷つくので」

枕の皺を伸ばし、クレル様から視線を外して、俺は少しだけ傷ついた演出をしながら悲しそうな声を出す。すると案の定、クレル様は『あ』と慌てた様子で両手を振った。

「ご、ごめんなさい！　その、ロートを傷つけるつもりは全然無かったんです！」

「はい。存じておりますが？」

先ほどの悲壮な雰囲気を瞬時に消して言うと、クレル様は数秒ほどぽかんと口を開いたまま呆然とし、やがて両頬を膨らませた。

「もう！　昔からロートは私をからかってばかりですけど、最近は特に輪をかけて酷いですよ!!」

「申し訳ありません。ですが、クレル様があまりにも良い反応を返してくださるので、つい」

「つい、じゃありません！　こっちの気持ちも考えてくださいよ！」

「……嬉しい？」

「嬉しくありません！　って、こういう反応をするから調子に乗るんですよね……」

「調子に乗っているつもりはありませんが、ついからかってしまいたくはなりますね。つまり、悪いのはクレル様ということです。謝ってください。ほら」

「な・ん・で・で・す・かっ！」

ガルル……と警戒する野良犬のような声で唸ったクレル様。本人は威嚇しているつもりなのだろうが、見た目が可愛らしく美しく天使なので、子犬程度にしか見えない。抱きしめてよしよしして駄目にして差し上げたい。大丈夫、俺が一生面倒を見てあげるので。

数秒後、クレル様は威嚇するのをやめて（残念）自分の右足に手を伸ばした。

「大体、足壺マッサージなんてどこで習得したんですか？」

「執事の嗜みでございます」

「そんな執事聞いたことありません」

「奇遇ですね、俺もです」

膝を折っていた俺は立ち上がり、投げつけられた枕を元の位置に戻し、魔法博物館で色々と書き記したメモ帳を取り出した。勿論、館長に渡したものとは別のメモを。

名残惜しいが、和やかなイチャイチャお遊びタイムはここまでだ。夕食まで三時間ほどあるので、今の内にエトワの魔鍵強奪予告事件について話を進めておくべきだろう。

俺はクレル様が座っているベッドの傍に移動し、立ったままの状態で話し始めた。

「予告状にあったエトワの魔鍵についてですが……これ以上、我々ができることはありません」

「何もせずに、予告日が来るのを待つ、ということですか?」

「そういうことになります」

現状できることと言えば、当日に備えて警備の手配や増強をしておくことくらいだ。それは全て責任者である博物館館長の仕事。俺たちはあくまで相談に乗り、どうすればエトワの魔鍵を盗まれずに済むかという問いに対するアドバイスをするだけ。それ以上のことは、彼らで何とかしてもらいたい。まぁ、当日の警備に参加することになっているので、深く首を突っ込んではいるのだが……基本的に手出しはせず、最低限のサポートに回るとしよう。全て俺たちがやっていたら、彼らの成長に繋がらない。

だが……クレル様は不満顔。我が主はそれが嫌なようだ。

「皇国の国宝が狙われているというのに、皇族である私が何もしないというのは、どうなのでしょう」

「そう申されましても、本当にやることがないのです。皇族として何か力になりたいというお気持ちは重々承知していますが、何もしないというのが現在できる最大の協力だと思います。現場のことを何も知らない我々が下手に首を突っ込んでも、邪魔になるだけですから」

「それはそうかもしれませんが……もどかしいですね。何もできないというのは」

悔しそうに拳を固め、クレル様は浅い溜め息を吐いた。

俺と彼女はそれなりに長い付き合いなので、そんな反応をするであろうことは予想していた。クレル様はとても正義感と責任感が強い御方だ。特に、魔法士としての力も皇族としての力もある自分が何もしないのは、どうしても許せないのだろう。力になりたい、自分にできることをやりたい。そんな思いが表情に滲み出ているが……胸の内に蓄積した思いを発散できる場所はない。事実、今の俺たちにはできることが何もないのだから。

仕方ない。今の内に、気持ちのガス抜きを行っておくべきか。

俺はベッドの端に腰を下ろし、クレル様を見て膝をポンポンと叩いた。

「えっと……ロート？」

「今は気を張りつめることよりも、心を落ち着かせリラックスすることが大切です。さぁ、こちらへどうぞ」

「いや、リラックスなら紅茶を飲んでソファに座るとか……」

「かしこまりました。では、すぐに準備を――」

俺が紅茶の準備をしようと腰を浮かせると、クレル様は俺の左手首を掴んだ。

「し、してほしくないとは言っていませんよ……」

「素直じゃないですね。ですが、そういうところも含めて愛していますよ」

「だからそんなに軽々しく愛している、なんて言葉を言わないでください」

文句を言いつつも、クレル様は俺の膝に自分の頭を乗せて、ホッと一息ついた。これも長い付き合いの中で学んだことだが、クレル様は悩んでいる時に膝枕をしてあげると、急激にリラックスして心を落ち着かせる。俺としても愛する女性と触れ合うことができるので、正にウィンウィンの関係という奴である。素晴らしい。後世に残すべきである。

なんてことを考えていると、不意にクレル様が視線を横に向けてポツリと呟いた。

「もう……ロートがいないと駄目になったら、どうしてくれるんですか?」

「既に現時点で、俺がいないと駄目になっている気がしますが……勿論、決まっていますよ」

俺は彼女の艶やかな髪を撫でながら、口元に微笑を浮かべて言った。

「目標は三人ですね」

「いきなり話が飛びすぎなんですけど？」

「失礼しました。まずは情熱的な性こ——」

「女性を前にしてなんてことを言おうとしているんですかッ‼」

パシ！　と勢いよく俺の口に手を当てたクレル様。別におかしなことではないだろう。どうせ、男女関係なく知識として知っていることなのだし、何よりそれを行い人は歴史を紡いできたのだから。

だが、クレル様が本気で嫌がることはしたくない。ここは大人しく引くとしよう。

「まぁ、俺が貴女を見捨てるようなことは億が一にもありませんので、ご安心を。寧ろ最近では、俺のほうが捨てられるのではないかと思う時があります」

「え、どうして……」

「近頃、クレル様をからかい過ぎている自覚があるので」

「だったらもっと自重してくださいよ……」

と言ってから、クレル様は俺の頬に手を滑らせた。

「私がロートを捨てるなんて、それこそありえませんよ。貴方がいてくれたから、今の私がいるんです。今ある幸福は、全てロートが私に授けてくれたものなんですよ？　大切な人を捨てるなんて、絶対にないです」

「結婚しませんか？　今すぐに」

「急展開過ぎます⁉」

いけない。感極まって思わず求婚してしまった。プロポーズはもっとロマンチックな場所とシチュエーションでと決めているのに。

「申し訳ありません。時と場所を改めます」

「……前から思っていたんですけど」

そう前置きし、クレル様は俺の頬に触れたまま、少しだけ目を細めて言った。

「ロートの言葉には、本当に気持ちが籠っているのですか？」

「は？」

予想外の質問に、俺は驚きと呆れと若干の怒りを覚えた。

しかし、持ち前の感情抑制術で、一瞬で正常な状態へと戻し、クレル様に問い返した。

「なぜ、そのようなことをお聞きになられるのでしょうか？」

「……だって、ロートは恥ずかしがることもなく、私に好きとか愛しているとか、告白みたいなことを言うではありませんか。でも、その……そういう言葉って、本当に好きな人に言う時はとても恥ずかしいと思うんです。言いたくても中々言えなくて、言葉にできないもどかしさがある、と言いますか……」

クレル様は俺から視線を外し、ごにょごにょと聞き取りづらい声でそう言った。

ふむ、なるほど。要するに、クレル様は好きな人に愛の言葉を囁くのは勇気がいることであり、全く恥ずかしがらずに愛の言葉を囁く俺の愛は偽物なのではないかと疑っているわけか。一日平均二十三回も伝えているのでしっかりと伝わっていると思っていたのだが、言い過ぎにはこのような弊害があるのか。反省するとともに、良い教訓になった。

だからと言ってやめるわけではないが。

俺は小さな溜め息を一度吐き、口を開いた。

「失礼ながら、クレル様はどうしようもないほどに頭が腐っておいでですか？」

「本当に失礼ですね」

「ですから、失礼ながらと申し上げました」

「限度があるでしょう……それで？」

促され、俺は続ける。

「確かに、クレル様の言い分は理解できます。愛の言葉とは、滅多に言わないからこそ価値がある。本当に好きだからこそ、言葉にするのは勇気がいる。こういう意見を持つ人は非常に多いと思います。しかし、全員がそうとは限らないのです」

愛の伝え方は人それぞれだ。毎日伝える者もいれば、記念日にプレゼントを用意して伝える者もいる。伝え方や頻度、大きさは違うけれど、それは全て等しく愛なのだ。

「勇気を出し、恥ずかしがりながらも一生懸命伝える愛と言うのも確かに美しい。初々しく、咲いたばかりの若い薔薇のように。ですが、そのような伝え方は毎日言えるものではありません」

「そ、そうですね」

「愛する人が突然帰らぬ人になってしまう可能性もゼロではない。恥ずかしがり躊躇っていた結果、結局伝えることができなくなってしまったら、一生後悔することになります。俺は……もう失敗したくないのです」

過去の光景を脳裏に映し出し、軽く下唇を噛む。

とても、苦い記憶だ。一生忘れることができない、俺の心にある最も深い傷。思い出すだけで、自分自身に対する嫌悪感と後悔に苛まれる。

胸に走った痛みを悟られぬ間に、俺はクレル様に伝える。

「ですから、俺は毎日クレル様に愛を伝えているのですよ。後悔することがないように。これまでの五万八千七百六十九回の愛の言葉は全て、本心であり本気の言葉です」

生憎と、偽りの愛は言葉にしないと心に決めているのである。

さて、これで十分に伝わっただろうか。と、クレル様を見ると……。

「…………………」

いつものように顔を両手で覆い、耳まで真っ赤に染め上げていた。

今まで不遇な人生を送ってきたからか、誰かに愛されるということにクレル様は慣れていない。出会ってからそれなりの年数が経ち、毎日伝えていると言うのに、未だにこうして照れるとは……今年で十八になるのだから、そろそろ免疫をつけてほしい。世間一般では結婚していてもおかしくない年齢なのですよ？

「クレル様が嫌と申されるのであれば、俺は金輪際、貴方へ愛を伝えることは致しませんよ」

「……」

数秒の間を空け、クレル様は指の隙間から俺を見て、首を横に振った。

「……愛してください」

「その言い方は誤解を招きます」

一瞬心臓が跳ねたのは、ここだけの秘密である。

◇

クレル様の専属執事であり屋敷の侍従長をしている俺は、いついかなる時も即座に主の下へと駆け付けることができるように、住み込みで働いている。それは屋敷に従事している他の使用人も同様であり、クレル様が屋敷に一人でいる時間はないようになっている。

クレル様は皇族でありながら皇宮に住まず、皇都郊外の人が少ない場所でひっそりと暮らしているので、どうしても襲撃される危険が高くなってしまう。皇族という地位は、常に身を危険に晒していると言ってもいい。実際に襲撃を受けたこともあり、その襲撃犯たちには二度と歩くこともできない身体になってもらった。俺がいる限り何人たりともクレル様には近づかせない。

「さて」

魔法博物館に出向いた翌日の早朝六時。

身支度を整えた俺は姿鏡の前で自分の姿を確認し、足音一つ立てることなく部屋の外に出た。

俺は普段、早朝五時三十分には起床し、身支度などの準備を整え、早朝六時には仕事を始めることができるようにしている。従者は主が眠りに就いた後に眠り、目を覚ます一時間以上前には仕事に取り掛からなくてはならないのである。

　加えて、俺は従者長だ。部下に示しをつけるために、誰よりも早く起きなければならない。

　最初の仕事である、花壇の花々への水やりを行うために外を目指し、廊下の突当りを曲がった——ところで、俺は足を止めて思わず口元を綻ばせた。

「お前たち、まだ仕事を始めるには早い時間だぞ」

　正面玄関に続く扉の前に、三人のメイドが整列していた。

　右側にいるのは、肩甲骨付近まで伸びた黒く艶やかな長髪と同色の丸い瞳をし、頭に白いヘッドドレスを着用している少女——ルイハ。

　中央にいるは、額に大きな傷跡を持ち、短い赤髪を後ろで一括りに結んだ目付きの悪い若女——ファラーラ。

　そして左側にいるのは、カールのかかった胸元まで伸びる金髪と蒼い瞳を持ち、首に黒いチョーカーをつけた気品のある淑女——リグレ。

　彼女たちはこの屋敷で働いている使用人であり、同時に屋敷にいる使用人はこれで全員だ。少ないように感じるだろうが、この屋敷は小さく、尚且つここにいる全員が一部の分野を除いて超優秀なので、今まで人手不足に困ったことはない。いや、そもそも俺が一人いる時点で人手不足など起こるはずもないのだが。

俺が三人の正面に立つと、彼女たちは同時に一礼。代表して、年長者のリグレが朝の挨拶を口にした。

「おはようございます、ロート様」

「あぁ、おはよう。それより、どうしてこんなに早く起きているんだ？　普段は七時に起きているだろう」

「侍従長が一人だけ六時から仕事してるって聞いたからだよ」

腰に手を当てたファーラが言うと、隣のルイハが頷いた。

つまり、彼女たちは俺を手伝おうと朝早くに起きた、ということか。参ったな、別に気を使わせるつもりはなかったんだが……働き者な奴らだ。

俺は腕を組んで笑った後、全員の顔を見渡し、最年少であるルイハに近づく。

「その気持ちは嬉しいが、仕事を始めるつもりなら寝癖は直して来い」

「！」

サッ！　と恥ずかしそうにルイハが跳ねている髪を押さえた。慣れない時間に起きたため、身だしなみが疎かになってしまったのだろう。努力した結果だし、まだ勤務時間ではないので何も言わないが。

俺は常備している小型の櫛を取り出してルイハの髪を梳かした後、話を続けた。

「折角この時間に集まってもらったわけだし、今の内に朝のミーティングを済ませるとしよう。特に目立った予定はないが……ルイハとファラーラには、皇都に買い物に行ってもらいたい」

「買い物？　食材だったら、まだ備蓄がかなりあるはずだが」

「……？」

　ファラーラが首を傾げ、ルイハがメモ帳と万年筆を取り出した。こういうところで二人の性格が出るな。単純にファラーラは異常に記憶力が凄いので、メモを取る必要がないだけなのだろうが。

「買ってきてほしいのは食材じゃない。花瓶だ」

「花瓶？　花でも生けるのか？」

「いや、我らのポンコツお嬢様が昨日花瓶を割りやがった」

「あぁ～……」

　三人がなるほど、という表情で頷く。

　一緒に暮らしているので、クレル様がとてつもないポンコツであることは、皆わかりきっているのだ。そこが愛らしいところでもあるのだが。

　事情を把握したファラーラは頷く。

「とりあえず、了解だぜ。部屋に飾る用の花瓶な。予算は？」

「後で渡す。ただ、あまりにも高価なものはクレル様が好まないし、彼女は再び割る可能性があるので注意だ」

「……」

　と、ルイハが手を挙げた後、俺にメモ帳を向けた。彼女は声を発することができないので、こうして紙に文字を書いて色々なやりとりをしている。文字を書く速度は驚くほど速く、しかも綺麗だ。

『割るかもしれないなら、花瓶は置かないほうがいいのでは？』

「いや、花瓶は置いたほうがいい。クレル様が割る度に彼女をからかうネタが増えるからな」

「ロート様、理由があまりにも私的すぎますよ」

「つーか割る前提で花瓶買うなよ」

『一応、税金ですよ？』

「皇族費は皇族の生活のために支給されるものであり、その使い方は皇族の自由だ。文句は言わせないさ」

　法律違反などはしていないので、何処からも文句は出ない。そもそもの話、現職の役人でクレル様に文句を言える者など一人もいない。言う奴がいるなら、俺が捻り潰す。

「ファラーラとルイハは以上だ。リグレは普段通り、掃除やクレル様の着替えなどを手伝ってくれ」

「わかりました」

「俺からは以上だ。何か、報告がある者は？」

問うと、ファラーラが手を挙げた。

「昨日の夜、フラガッハ宝石商の会頭からクレル様への面談申し込みがあった。今日の午後三時を希望しているらしいが、どうする？」

「宝石商か。大方、皇族のお墨付きと言う箔が欲しくて連絡してきたのだろうな」

皇族との取引があるというのは、それだけで大きな実績になる。実績と信頼を何よりも重要視する商人にとって、その箔は喉から手が出るほど欲しいものなのだろう。これまでも面会を求める商人からの連絡は、幾度もあった。

だが、俺はファラーラが告げた商会の名前を思い出し、首を横に振った。

「断りの連絡を入れておけ。それでも来るようなら、商会の信頼を全て失う気でいろということも」

「？　どうして面会を断るのでしょうか？」

『フラガッハ宝石商は影響力もあって、繋がりを持つメリットは大きいですよ？』

「何かやばい理由でもあるのか？」

三人が不思議そうに俺に尋ねる。

確かに、フラガッハ宝石商と言えば各国の重鎮とも多くの取引実績があり、発言力や影響力も凄いだろう。莫大な財産を有しており、経済力では小国にも劣らないと言われるほど。

だが、俺にはどうしても許せない部分――クレル様に会わせたくない理由があった。

「会頭であるウジェール＝フラガッハは二年前にカレアロンド皇国の皇宮を訪れ、宰相の機嫌を取るためにクレル様の悪口を散々言いまくっていたらしい。宰相はクレル様を疎んでいたので、そのためだろうな」

「殺しましょう」

「舌を切るのは得意だぜ？」

『お魚さんの餌です』

理由を説明した途端、全員が目の光を消して濃密な殺気を周囲に漂わせた。

言い忘れていたが、この屋敷の使用人になる条件の一つに、クレル様のことを心の底から愛している、ということが含まれている。よって、ここにいる全員はクレル様を家族同然に愛し、また狂信的に信奉している。彼女の悪口を言っている者には、それが誰であろうと濃い殺気を向けてしまうほどに。

「落ち着け。お前たちが直接的に手を下し、綺麗な手を汚す必要はない。クレル様もお前たちが人を殺すことは望んでいないだろう」

手を叩いて三人を正気に戻し、俺は腕時計を一瞥した。六時三十分。全員が仕事に取り掛かるにはまだ早いが、今日はその分早く終わればいいだろう。

各々の仕事を行うよう指示を出し、ミーティングを終了した。

ちなみに、皇宮の役人はクレル様の使用人である俺たちのことを、親衛隊と呼んでいるらしい。大方、間違った認識ではないと言える。

午前九時。

朝食を終え、食器を全て片付け終わった後の和やかなティータイム。

「クレル様、本日はどのようにお過ごしになられますか？」

ティーカップに入ったストレートの紅茶を上品に啜るクレル様に、俺は一時間ごとのスケジュールが記載された手帳を片手に尋ねる。今日は特に予定がないので、クレル様の好きなように過ごすことができるだろう。

と、クレル様はティーカップをソーサーの上に置いた。

「確か、今日は十三時から面会がありましたよね？　魔法技術大臣が私に意見を聞きたいとかで――」

「断っておきました」

「え？　どうしてですか？」

「彼はミルクティーに入れるミルクを事前にカップの中に注いでおく派だったので」

「どういう理由ですかッ⁉」

堪（たま）らず叫ぶクレル様から視線を外し、俺は窓の外で風に揺（ゆ）れる花々を見た。

紅茶通の中で長年に渡（わた）り決着がつかない議題なのだ。紅茶のミルク、先に入れるか、後に入れるか。どちらがよりミルクティーを美味（おい）しくするタイミングなのかは、はっきり言って個人の好みによる。しかし、この議論は収束せず、対立する派閥（はばつ）の者は決して慣れあうことはない。ちなみに俺は後派だ。琥珀色（こはくいろ）の紅茶の中に少しずつミルクを注ぎ、ゆっくりと色が調和し混ざり合う光景を見るのが好きだから。先派とかちょっと感性おかしいんじゃないかとすら思う。

まぁ、魔法技術大臣の面会を断った理由は別にある。あのクソ爺（じじい）はクレル様を皇宮から追い出すことに賛成していた屑野郎だからだ。今度顔を見た時は一撃お見舞いしてやると決めている。

「慣れあうことのない派閥にいる者同士、同じ空間にいることはよろしくないのですよ」

「相手は納得したんですか？」

「勿論。『後入れ派とは同じ空気を吸いたくもないわ！』と叫ばれました」

「結局注ぐことに変わりはないのでしょうが……」

「クレル様。こだわりとは、時に戦争にもなり得るのですよ」

「私には理解できないです」

「無理に考えなくてもいいですよ。とにもかくにも、今日は目立った用事もありませんので、屋敷でゆっくりと身体を休めてください。昨日は慣れない皇都に出向いて、お疲れになったでしょう？」

彼女にとってあまりいい思い出がない皇都は、精神的に疲れたことだろう。馬車に乗っていたとはいえ、この辺りとは比べ物にならないほどの人で溢れ返っていたのだ。

提案すると、クレル様は「そうですね」と頷いた。

「でしたら、ロート。一つお願いが」

「喜んで。式はいつにしますか？」

「結婚じゃないです!! その、勉強に付き合ってもらえませんか?」

「勉強、ですか」

一体何の? と思ったが、すぐには思い浮かばなかった。

皇族と言うのは、それこそ数え上げればキリがないくらいに学ぶことが多い。礼儀作法は当然のこと、国の長として必要な知識を大量に頭の中に叩き込まれる。しかし、クレル様は皇族の中でも不遇な扱いを受けていたため、そういった知識が他の皇族に比べて圧倒的に足りていない。

普通に生きていくだけなら、そう言った知識が無くても全く問題はないのだが、一体何を学びたいのだろうか。実用性があるものと言えば……ハッ!

「申し訳ありませんが、ポンコツを直す勉強は俺の専門外です」

「どんな勉強ですか。私はただ、魔法について教えてほしいだけです」

「恋の魔法、ですか」

「恋はいりません」

「冗談でございます」

返しながら、俺は思案する。

正直言って、クレル様は今更魔法を学ぶ必要はないと思うのだ。既に常人が到達し得ない領域に飛び込んでいる――俺が無理矢理投げ込んだ――し、何より彼女が持つ魔鍵は通常の魔法士が扱う魔法には適さない。

と、思ったが、主に求められた以上、俺は断ることはしない。

胸に手を当てて一礼し、傍に置いてあった車椅子を手に取った。

「かしこまりました。それでは、書斎へ参りましょう」

「よろしくお願いしますね」

近くに待機していたリグレにティーカップの片付けを頼み、俺はクレル様を乗せた車椅子を押し、食堂を出て書斎へ向かった。廊下を進みながら窓枠や床をチェックするが、実に見事。埃や汚れは微塵も見受けられない、完璧な掃除具合だった。やはりクレル様を愛する者は皆優秀なのだろう。逆に彼女を邪険に扱う者は決まって全員が無能と決まっている。まぁ、クレル様の素晴らしさと美しさと可愛さがわからない時点で目に風穴が空いているに等しいが。そのまま身体にも風穴が空いてしまえ。

書斎に入ったクレル様は車椅子から下り、自らの足で机の前に設置された椅子の上に座り、勉強用のノートと万年筆を用意し、レンズの入っていない伊達メガネを装着した。

「毎度思うのですが、眼鏡をかける必要はあるのですか？」

「こうすると勉強するぞ！　という気持ちになるので、必要なんですよ」

「そうなのですか」

「似合わないですか？」

「いいえ、とてもお似合いですよ。知的さを感じられ、思わずポンコツであることを忘れてしまいそうになります」

「一言余計なんです！」

不服そうに言うクレル様に笑い返し、俺は車椅子を部屋の端に置き、主の傍に立った。

「さぁ、早速勉強を始めましょうか。一概に魔法と言っても、様々な分野がございます。クレル様は、どの分野を勉強なされたいのですか？」

俺もそうだが、一流の魔法士ならば大抵のことは教えることができる。更に言えば、自らが十八番としている魔法分野であればかなり深く掘り下げることも可能だ。

大人でも頭を悩ませることがある難しい分野だろうか？　と予想していたのだが、クレル様が口にしたのは意外な分野だった。

「魔鍵の基礎理論を教えてほしいんです」

「基礎理論、ですか」

「はい。エトワの魔鍵を見て、魔鍵を使うことで私たちが魔法を使えるようになる理由とか、魔鍵の知識がまるでないなって思ったんです。知識はないのに、何となく使えるから

と魔鍵を使っている現状が、少しおかしいとも」

万年筆を指で器用に回転させながら、クレル様はそう言う。

思えば、彼女が十分な知識を持たないまま魔鍵と契約を結ぶことになった原因は、俺にある。何も知らない彼女に魔鍵という力を渡したのは、紛れもない俺だから。

若干の責任を感じつつ、俺は『わかりました』と頷き、片手を持ち上げて魔鍵を召喚した。

「──守護盾鍵」

虚空から出現した蒼く輝く魔鍵を手に取り、それを机の上にそっと置いた。

ここでクレル様の魔鍵を召喚するわけにはいかないので、俺の愛鍵を使うとしよう。

「魔鍵は現代の技術では到底再現することができない超技術の結晶であり、これは主に超古代文明が存在したと言われる遺跡の下層部から出土することが多いです」

俺が話し始めると、クレル様は真剣にノートに万年筆を走らせる。彼女がノートを取る速度に合わせ、俺はゆっくりと続けた。

「過去の魔鍵専門の研究者が、とある魔鍵を切断して断面図を確認しましたが、特に不可思議な機構などは発見されませんでした。しかし、魔鍵を構成している素材は全て未知の鉱物であり、位階によって素材が統一されていることがわかりました」

第一天鍵(シャマイム)の位階を持つ魔鍵に使われている鉱物は全て同じ。このように位階ごとに鉱物が統一されていることから、魔鍵の強さは鉱物も関係している、というのが現在の通説となっている。

「未知の鉱物ということは、世界中の何処(どこ)でも発見されていないもの、ということですよね？」

「はい。勿論世界は広いですから、現代人が調査していない場所に魔鍵の原料となっている鉱石が存在する可能性は否定できません。それこそ、魔鍵を作った人々が海の底や溶岩(ようがん)の下、はたまた星を超(こ)えた宙(そら)から鉱石を採取することができたというのならば、現代では解明できない理由にもなりますからね。未知とは言いましたが、我々の有している知識にはない鉱物、ということです」

「謎(なぞ)だらけですね……」

クレル様は万年筆をこめかみにぐりぐりと押し当て、悩ましそうな表情を作った。

「こんなに謎だらけの代物(しろもの)を使って大丈夫なのか、不安になってきました」

「そう思う人が大勢いるのは事実ですが、使わないと魔法を使うことができません。不安と便利な力のどちらを取るかと言えば、人間ならば便利な力を取るのは当然でしょう。それに、謎しかないわけではありません。ここから先は、わかっていることをご説明します」

俺は守護盾鍵（プロキオン）を持ち上げる。

「魔法士が魔法を扱うことができる理由ですが……魔鍵というのは、契約者（けいやくしゃ）とアストラル界と呼ばれるマナで満たされた世界を繋ぐ力を持っています。より正確に言えば、通常閉じられている人とアストラル界を繋ぐ扉を開く、というものですが」

説明しながら。俺は眼前で守護盾鍵（プロキオン）を反時計回りに半回転させる。すると、何処からともなく解錠（かいじょう）したようなガチャリ、という音が響（ひび）き渡った。これで俺は魔法を使うことができる状態――アストラル界と俺を隔（へだ）てる扉の鍵が開かれた状態になったというわけだ。

「我々が暮らしているこの世界にもマナは極僅（ごくわず）かに存在しますが、魔法が発動できるほどの濃度（のうど）ではありません。魔鍵を使わなければ魔法が使えない理由はそれですね」

「この世界とは別の世界のことなんて……どうやって調べたんですか？」

「過去、第七天鍵（アラボド）を持つ魔法士が解明したと言われていますね。第七天鍵（アラボド）の魔鍵は第六天鍵（ゼブル）以下とは比べ物にならない力を持っていますから、その力を使って調べたのでしょう」

「だったら、他の謎も解き明かしてくれればよかったのに……」

「魔鍵は便利であっても万能（ばんのう）ではない、ということですね」

魔鍵が何でもできる万能道具であったのならば、この世界に存在する問題は全て解決していることだろう。そこまで都合の良い力というのは存在しないものなのである。

「その第七天鍵(アラボド)の魔法士が解明したものの中には、魔鍵の位階に関する情報もあります。アストラル界には七つの天が存在しており、魔鍵は七つの天のいずれかと繋がっているそうです。その繋がっている天によって、位階は決定づけられているのだと」

「例えば……第五天という天に繋がっている魔鍵は、第五天鍵(マホン)という位階になるということですか？」

「素晴らしい解釈(かいしゃく)です。正しくその通りかと」

クレル様を褒(ほ)め称(たた)えながら、俺は守護盾鍵(プロキオン)を時計回りに捻り、開いていたアストラル界の扉を施錠(せじょう)する。解錠した時と同様にガチャリという音が響き渡り、手を離(はな)すと守護盾鍵(プロキオン)は粒子(りゅうし)となって虚空に霧散(むさん)した。

「魔鍵の基礎……というより、クレル様が知りたがっていたことはこのくらいでしょうか」

「はい。とても勉強になりました」

「それは何よりでございます」

ノートを閉じて伸(の)びをするクレル様から目を離し、腕の時計を一瞥。あまり時間は経過していないと思っていたのだが、既に一時間以上が過ぎていた。やはり集中すると、時の流れが早く感じる。おまけに、愛するクレル様と一緒(いっしょ)にいることも相乗効果となっているのだろう。どうやら魔法を教えながら、魔法をかけられていたようだ。

　なんてことを考えていると、クレル様が俺の裾を軽く引っ張った。

「今日は何も予定がないのでしたよね？」

「はい。あのクソじじ——ご老公との予定はキャンセルしてありますので」

「不穏な呼び方が聞こえた気がしましたが、聞かなかったことにします……。では、少し外を歩きに行きましょう」

「かしこまりました。では、車椅子を——」

　部屋の端に置いた車椅子を取りに行こうとした時、クレル様は首を横に振った。

「自分で歩きます。偶には、しっかりと動かないと」

「大丈夫ですか？」

「ええ。普段は車椅子を使っていますけど、私は病弱なだけで走ることもできるんですよ？心配しすぎです」

「いえ、少し歩くだけで三十回以上転ぶ未来が容易に想像できますので」

「馬鹿にしすぎです!!」

　むう、と頬を膨らませたクレル様に「申し訳ありません、つい」と謝り、俺は彼女に手を差し出した。

「それでは、参りましょう。クレル様」

クレル様の住まいである小さな屋敷がある皇都郊外は、最低限の道が造られる程度しか人の手が加えられておらず、多くの緑が生い茂る自然豊かな場所である。

遠くでは鳥のさえずりが響き渡り、すぐ近くの小川からは滔々と流れる水の音が聞こえる。頭上に広がるのは青い空と白い雲ではなく、陽光を一身に浴びようと広がる深緑の葉で構成された緑の天井。肌を撫でる風は皇都では感じられないほど冷たく、気温の高い午後の日差しで熱くなった身体を心地良く冷ましてくれる。

石材の建築物ばかりが目立つ皇都では感じることができない、人の手が加えられていないからこそ感じられる天然の癒しである。

「いい風ですね。それに、気温も丁度いい」

隣を歩くクレル様は涼しげな蒼いワンピースを身に纏い、夏のサンダルを踏み鳴らしながら上機嫌そうに言った。彼女の装いは完全に夏のものであるが、今の季節は春である。

陽が沈む夕方には一気に気温が下がるので、そのままでは確実に寒さで身を震わせることになるだろう。無論、それまでには帰るが。

俺は日傘を左手の前腕にひっかけ、微笑みをこちらに向けたクレル様に頷きを返した。

「そうですね。ただ、今日は夕方から雨が降りますので、今だけですよ」

「？　どうして夕方に雨が降ると？」

クレル様は小首を傾げる。勿論、天候を予測するという高度な技術は存在しないため、確実に雨が降るかどうかはわからない。

だから、強いて言うならこれは。

「俺の勘です」

「勘、ですか」

「はい。しかし、ただ当てずっぽうに言っているわけではありません。西の空の低い位置に暗い雲がありましたし、冷たい風が吹き抜ける時は雨が到来する前兆とも言われていますから」

「まぁ、理由はともかくロートの勘はよく当たりますからね。散歩も、雨が降らない内に切り上げましょう」

「そこまで長い時間クレル様を歩かせるつもりはありませんよ。というよりも、病弱なのですから長時間の運動は許しません」

俺は黒い手提げ鞄の中に入れてあった水筒をクレル様に手渡す。中には氷が入った、冷たい水が入っている。

「しっかりと水分を取ってください。一口でもいいですから」

「もう、心配性なんですから」

「心配するのは当然です」

文句を言いながらもクレル様は水筒を受け取り、飲み口に口をつけた。

涼しいからと言っても、油断大敵。身体の水分は常に減少しているので、気温が高い日の外出は喉が渇く前に水分を取ることが大事だ。

「ふぅ……あ、そういうことならロートも水分補給をしなければなりませんね。飲みますか？」

「結構です。俺は先ほどから飲んでいますので」

「……と、ということは」

何かに気が付いたらしく、クレル様はジッと飲み口を見つめて頰を赤らめた。恐らく、いや確実に間接キスをしてしまったのではないかと思い、恥ずかしがっているのだろう。

だが、幾ら俺がクレル様を愛しているからと言って、従者と主人の水筒はしっかりと分ける。

「ご安心を。俺の水筒は別でありますので」

「そ、そうですよね！　やだ、私てっきり……」

「残念でしたか？」

「残念じゃないです!!」

はい！　と照れ隠しに水筒を俺に投げ返す。それを難なく受け取り、俺は再び鞄の中にしまった。今の投擲、かなりの速度があったぞ。俺でなければ顔面に金属の水筒がめり込んでいたかもしれないので、俺以外にはやらないように注意しておかなければ。彼女の照れ隠しを見るのは俺だけでいい。

と——。

「あれ？」

クレル様は前方の木々が途切れた場所に何かを見つけると、小走りでそちらへ駆け寄っていく。俺も置いて行かれないよう歩幅を大きくして追従。あそこは……あぁ、そういえば見せたことがなかったか。

俺は立ち止まって眼前の光景に魅入っているクレル様の隣に立ち、彼女の頭上で黒い日傘を開いた。

「近くに、こんな花畑なんてあったんですね」

多くの木々が立ち並ぶ林の中に、ポツンと空洞のように木が生えていない場所がある。そこには、色とりどりの花が所狭し、と咲き誇っていた。頭上は緑の天井に穴が空いたように何もなく、陽光を花弁いっぱいに浴びてキラキラと輝いている。

その場に膝を折り、手の届く花の花弁に優しく触れるクレル様。その姿に、俺は思わず口元が綻んだ。

「喜んでいただけてなによりでございます」

「これ、ロートが造ったんですか？」

「はい。と言っても、偶々木が生えていなかったこの場所を少し耕し、球根を植えただけですが。ここは近くに川が流れていますし、水やりも不要なんです」

正直ここまで綺麗に育つとは思っていなかったが。植物の生命力というのは人間とは比べ物にならないほどなのだな、と強く実感した。

「……ロートって」

花から俺に視線を移したクレル様は、可笑しなものを見るように笑った。

「本当に、出会った頃とは見違えるくらいに変わりましたよね」

「そうでしょうか？」

「そうですよ。昔……と言っても、まだ四年前ですけど。あの頃のロートには思いやりなんて欠片もなくて、常に周囲に殺意を向け続けていた危ない人でした」

クスクスと当時を懐かしみながら言うクレル様に、俺も当時――クレル様と出会ったばかりの頃を思い出しながら苦笑する。

「あの頃は……世界の全てが敵に見えていた時でしたからね。世界の全てが憎かったですし……特に皇族や王族と言った、国の上に立つ人を目の敵にしていました」

「ロートの過去を考えれば、そんな風になっても仕方ないとは思いますけど……流石に初対面の私に『ロイヤル脛齧りゴミカス女』は酷いと今でも思います」

「当時は俺も尖っていましたので」

表情と言葉はいつも通りを振舞う。が、内心では申し訳なさで心がズキズキと痛む。

確かに初対面の、それも傷心中の少女に投げかける言葉ではなかった。もっとクレル様の心情を汲み取ってあげろ、俺。その場に今の俺がいたら、ギリギリ死なない程度にまでぶちのめしていただろうな。

「俺からすれば、クレル様もかなり変わったと思います」

「ほぉ、主にどの辺りが、ですか？」

「強くなりました」

と言うと、クレル様は乾いた笑みを浮かべる。

「そう、ですね……おかげさまで、多くの人から恐怖されるほどになりました……」

「確かに戦力や発言力なども強くなったので、間違いではありませんが……俺が言っているのは、精神的なことです」

出会ったばかりのクレル様は、心を閉ざしていた。自分の主張を表に出すことができず、周囲からの攻撃にただジッと耐えるだけだった。全て自分が悪い、自分がいけないんだと、自らを攻撃し続けていた。笑顔を浮かべることなんて皆無で、笑わない人形にも等しい存在だった。

「今となっては自己肯定感も上がり、頻繁に笑顔を見せるようになり、自分から行動を起こすことで俺たちに迷惑をかけ、ポンコツ具合に磨きがかかりました」

「誉めていると見せかけて貶していませんか？」

「まさか」

クレル様の問いを一蹴する。

ただでさえ多忙で自分の時間がほとんどない俺に、余計なポンコツをかまして仕事を増やしていることを小言として言っているわけでは、断じてない。できれば勘弁してくれ、とは思う。本当に。可愛いから許すけれど。

「まぁ、とにかく……数年もあれば人は変わりますよ」

「そうですね。お互いに成長しまし――いや」

　思い出したように顔を上げたクレル様は言葉を区切り、目を細めて俺を見た。

「かなり丸くなったとは思いますけど、皇宮関係者に対するロートの姿勢や態度は変わっていませんよね？　特に、私を冷遇していた人に対して」

　クレル様の言葉に、俺は首を傾げた。

「？　変える必要が？」

「ありますよ！　私のためというのはわかっていますけど……これ以上、皇宮内での怪我人を増やさないでください！」

「無理です」

「少しは考えてから返事してくださいよ……」

　項垂れながらクレル様はそう言うが、例え愛する主の頼みだとしても、それを了承することはできない。愛しい女性に辛い思いをさせた愚か者に向ける優しさはないのだ。

「全く……困った執事さんですね」

「申し訳ありません」

「もういいですよ。ロートの性格は十分理解していますし、言ったところで無駄ということもわかっています」

「俺の性格を知り尽くしているとは……相思相愛ですね。後日、左手薬指に四グラムのプレゼントをサプライズと共にご用意させていただきます」

「なんでそうなるの……事前に言ってしまったら、サプライズになりませんよ」

「そうでしたね。では、この話は忘れてください」

「そう言われると、忘れられないで～す」

クスクスとクレル様が笑ったのを最後に、俺たちの間には静寂が訪れる。

先程よりも風が冷たくなり、何処からともなく蛙の鳴き声が微かに聞こえ出した。蛙は雨が降る前に鳴き出すというので、これは夕方頃の雨は確定か。

と、西の方角を見つめていた時、不意にクレル様が言った。

「本当に、犯人は現れるのでしょうか」

「それは、エトワの魔鍵を狙う者のことですか？」

「ええ」

唐突だな、と思いつつも俺は答える。

「現時点ではどちらとも言えません。昨日も言いましたが、エトワの魔鍵を狙うと言って他の物を狙っている可能性もあれば、ただの悪戯の可能性もある。今は判断材料が少なすぎるので、明確にどうなると断言することはできません」

そもそもの話、ガラスケースに触れた途端にあの殺意の塊としか形容できない罠が降り注ぐわけだ。あれを事前に知らない奴がどうやってエトワの魔鍵を盗むというのだろうか。触れた瞬間終わりだぞ……いや、盗むことは不可能だという先入観を持つのは良くないことだ。もしも予告状を送ってきた奴が本当にエトワの魔鍵を盗むつもりならば、その程度の罠を掻い潜る手段は用意しているのだろう。勝算のない戦いに挑むほど、相手も頭のネジが外れているわけではないはず。強行突破できるほど現実は甘くないのだ。

「護るだけだったら、ロートがいるだけで済みそうですけどね」

「当然です。俺の護りを貫ける可能性がある者は、第七天鍵の魔鍵を持つ魔法士くらいでしょう。それでも、貫けるかどうかと言ったところですが。しかし、今回は護るだけでは駄目です」

一度護っただけでは、俺がいない時を見計らって襲撃してくるだろう。確実に犯人を捕らえなければ今後の安全は保障されないため、撃退してはいけないのだ。

「捕縛しなければ、問題の解決にはなりません」

「……できますかね？　失礼ですけど、あの館長さんはちょっと……少し……いや、かなり頼りないですけど」

「無理でしょうね」

うっかりで俺たちを殺しかけた人を信用できるわけがない。仮にもし、クレル様の身体に傷ができていたら……あの館長は今頃海の藻屑になっているところだろうな。

「ただ、当日は皇宮から魔法士を警備員として迎え入れるよう言っておきましたし、警備については魔法士や警備員が何とかするでしょう。博物館側は、俺とクレル様が戦力として加わってほしいのだと思いますが、俺は最低限しか手伝う気はありません」

「盗まれたらどうするんですか？」

「どうもしませんよ。ただ、エトワの魔鍵が盗まれるだけです」

「少し、冷たくないですか？」

やや不服そうにクレル様は俺に言う。

その気持ちはわからないでもないが、これは俺の個人的な感情によるものではない。

「本来、これは俺が手を出してはならない案件なのですよ、クレル様。最初から絶対防御の俺が手を貸していたら、彼らは何も学ばない。そして、今後何かある度に俺を頼るようになってしまいます。俺が護るのはあくまで愛するクレル様だけなのですから、彼らには自分たちの力で護れるようになってもらわなければなりません」

教育と同じだな。何でもかんでも手助けしていては、子供は全く成長しない。時には冷たく突き放し、自分の力で問題を解決できる力を養わなければ。

俺の意見を聞いたクレル様は、目を丸くして意外そうにした。

「案外、ロートは飴と鞭の使い分けが上手なのかもしれませんね」

「どうでしょう。単純に、今回は俺やクレル様に実害がないので、やる気がないとも言えますから。仮にクレル様に被害があろうものなら、その犯人は地の果てまで追いかけた末に骨すら残らないほどに燃やし尽くしてやりますよ」

「何事にも限度がありますから、仮にそうなった場合でもやりすぎないようにしてくださいよ。そもそもロートがいれば、そんな事態にはならないと思いますけど」

「そうですね。クレル様に手を出そうとする命知らずはいないと信じています。出されたら俺のブレーキが利かなくなりますので」

「頭の悪い人が現れないことを願うばかりですね」

「願うことしかできませんからね。と、そろそろ戻りましょうか」

長々と話しながら歩いていたので、それなりに遠くまで来てしまった。振り返っても屋敷は見えず、無数の木々が生い茂る緑だけが視界を埋める。来た道を戻るだけなので迷子になることはないが、クレル様にこれ以上の距離と時間を歩かせるわけにはいかない。

歩く方向を変えて屋敷への帰路に就くと、クレル様が俺に問うた。

「次はいつ、博物館のほうに行く予定ですか？」

「七日後を考えています。あまり早急に再訪しても、何の準備もできていないでしょうから。あぁ、そうそう」

とあることを思い出し、俺は人差し指を立ててクレル様に告げた。

「次は博物館から帰る時、外食をしていきましょう」

「外食ですか？　珍しいですね。『クレル様の胃袋の中に他の男が作った料理が入ることが気に食わない』と言って、頑なに外食することを拒否していたのに」

「俺の知人がオーナーシェフをしている店なんですよ。ミフラスにある『ラミット』というレストランで、トマトシチューがとても美味しい店です」

「へぇ……ロートがそこまで勧めるのであれば、きっと絶品なんでしょうね」

「ええ。味を盗んでやろうと何度も通ったほどで――」

と、その時。

すぐ近くからバサ、という音が聞こえたため、俺は言葉を止めて音が聞こえた方角に顔を向ける。

そこにいたのは――。

「鳩、ですね」

俺たちの右斜め前方、木の幹から伸びる細い枝の上には、白い小さな鳩が鎮座してこちらをジッと見つめていた。

両の目は赤く、白い身体には汚れがほとんど見られない。

森などに生息している野生の鳩であれば、自分よりも身体が大きい生物が近くを通過するだけで一目散に逃げるものなのだが、この鳩は全く逃げる素振りを見せない。

人に飼われていた鳩が逃げ出して森に来たのか？　と、白い鳩を見つめながらそんな考察をしていると、

「可愛いですね」

クレル様が白い鳩に近づき、小さな頭を指先で撫でた。

一瞬、それで逃げるのではないかと思ったのだが、予想に反して鳩は逃げず、それどころか気持ちよさそうに目を細め、自分から頭を擦り付けている。

この人懐っこさからすると、俺の予想は概ね正解と言っていいだろう。

俺も鳩の傍に近寄ると、クレル様が振り返って嬉しそうに言った。

「見てくださいロート。この子、凄く人懐っこいです！」

「そのようですね。ただ、この辺りは猛禽類も多く生息しているので、すぐに食い殺されるかもしれません」

「なんでそういうことを言うんですか！」

「事実ですので」

人に飼い慣らされ野生を忘れた鳩など、厳しい自然界に生きる獣にとっては良い食料だろう。俺の予想では、この鳩も三日と生きていられない。もしかしたら、今日の夕方には夜行性の猛禽類の餌になっているかもしれない。自然は厳しいのだ。

「しかし、本当に人に慣れているみたいですね。こんなにも警戒しないとは……」

「ええ。きっと、優しい人に飼われて、人間が好きになったんですよ」

「もしくは何の対価も支払わずに餌を寄越す人間を舐め腐っているかですね」

「この子が可愛く見えなくなるのでやめてください」

「いや、甘やかされた動物が人間を舐め腐るのはよくあることで——ん？」

そこで俺はとあることに気が付き、言葉を止めて鳩の脚を注視した。赤みを帯びた四本の爪が枝をしっかりと掴んでいるのだが、その少し上、足首の部分に、銀色に光る物が付けられている。これは……。

「指輪、か」

銀色の物体の正体を呟きながら、俺は鳩の脚からそっとそれを取り外す。

特に変わったデザインではない。宝石などの装飾が施されているわけでも、文字が刻まれているわけでもない、普通の指輪だ。材質は純銀のようなので、それなりに値が張るものではあると思われる。

どうして鳩が、これを足首に装着しているのか。

その理由は、簡単に思い当たる。というか、一つしかない。

「どうやらこの鳩は、儀式に使われたみたいですね」

「儀式ですか？」

「はい。まぁ、若い女性の間で一時期流行したものです。人慣れしていない野生の鳩を罠で捕まえ、脚に指輪をつけて飛ばすと、将来の伴侶に指輪が届く、という根拠も何もない、くだらない儀式です。まぁ、この鳩は随分と人慣れしているようですが」

俺としては根も葉もない噂に過ぎないことを信じる意味がわからないが、若い女性はロマンチックなことが好きなもので、三年ほど前に皇都で流行したらしい。その結果、多くの鳩が指輪を足に装着されて飛ばされたため社会問題となり、今ではそれらの行為は禁止されている……のだが、未だに迷信を信じる誰かが隠れて行ったらしい。

ルールを守れない愚か者がいたようだな――と。

「将来の伴侶に届く、ですか？」

「ええ。そうです、が……クレル様？」

手の上の指輪からクレル様に視線を移し――微かに驚いた。

クレル様の瞳から、光が消えていた。

普段は終始キラキラと瞳を輝かせ、無邪気さすら見せているのだが……今は、その時のような可愛らしさはない。世界の闇、あるいは深淵を覗いてしまったように瞳の色を濁らせ、ジッと俺の目を覗き込んでいる。口元には、一切の笑みはない。

何故、クレル様が突然黒いオーラを発したのか。

その理由をすぐに察した俺は、手の中にあった指輪をポケットの中に押し込み、クレル様の手を取った。

「ご安心を、クレル様。俺の伴侶の席にはクレル様しか座ることはできませんし、他の女性を座らせるつもりは毛頭ありません。俺が愛しているのは、クレル様ただ一人です」

「！　いや、その……」

我に返り、ごにょごにょと何を言おうか迷っているクレル様。そんな彼女に、俺は更に言い連ねる。

「俺が他の女性に目移りする可能性は皆無です。俺は生まれてこの方、クレル様しか性的な目で見ていませんので」

「それを本人に堂々と言うのもどうかと思いますよッ⁉」

「！　失礼しました」

いけない、気持ちが先行してしまい、つい下品な表現になってしまった。ここはもっと、貴族の夜会でも口にすることができる、上品な言葉で。

「一緒に子供を作りたいと思ったのはクレル様だけです！」

「余計に悪化してますよッ!!」

クレル様の叫び（さけ）は、無人の森に響き渡（わた）る。

上品な言葉選びって難しい。

そんなことを考えながら、いつものようにクレル様に愛の言葉を贈（おく）っていると、鳩はいつの間にか枝から飛び立っていた。

✦✦✦

CHARACTER

File No.1 ——— Roth Grantle

ロート
グラントル

Age:18

Job:執事（侍従長）

Key:守護盾鍵

クレル直属の執事として屋敷の一切を取り仕切る万能執事。

クレルへの愛情が深く、彼女のためならば誰であろうと敵対するため、皇宮では「問題児」として恐れられている。

魔法士としても特別な才能をもっており、その魔法の性質から皇国最強の盾として知られる。

✦✦✦

第三章　毒を飲んだお姫様は、王子のキスで助かると相場が決まっている

予告日まで残り七日に迫った日。

「皇宮に連絡はしましたが……警備のほうはどうなっていますか？　館長」

魔法博物館の館長室にて。

俺はソファに座っているクレル様の背後に控えたまま、対面に腰を下ろしているストルム＝クレイバーナ館長に問い尋ねた。

犯行予告の期日は迫っているため、流石に何の対策も講じていない、なんてふざけたことはないはず。だが、こいつなら万が一のことがありかねない。いや、本当に。

館長の手腕に一抹の不安を覚えていたが……予想に反して、館長は満足げに微笑んだ。

「勿論、万全です。皇宮に要請をしたところ、当日は二十人の皇宮魔法士を派遣してくれることになりました。それから、常駐する警備員の数も増やし、特に『魔鍵の間』の警備は更に強固なものにしてあります」

「まぁ、上出来と言ったところでしょうか。欲を言えば万全を期するために皇宮魔法士五

十人は欲しかったところですが、贅沢は言っていられません。二十人の魔法士と常駐の警備員で対処に当たりましょう」

この博物館は非常に広いため、できれば外部と内部に多くの戦力を配置したかった。不測の事態は予期せず起きるものなので、あらゆる事態に対応するために人員は多ければ多いほうがいい。

一応、当日は俺も警備に参加する予定ではあるが……あまり手を出したくないんだよな。

胸中で不満を漏らしつつ、俺は続けて館長に問う。

「博物館内外で、何か変わったことはありませんか？　小さなことでもいいですので」

「いえ、特には何も。通常通り博物館は開館し続け、来館者の人数制限も行っていません。至っていつも通りかと」

「そうですか」

俺は顎に手を当て、思案する。

てっきり、事前に何かアクションを起こすと思っていたんだが、どうやら予想は外れたらしい。普通、何かしらの犯罪を行う際は、現場の視察や逃走ルートの確認はすると思うのだが……いや、誰にも気づかれず、また怪しまれずに下見を終えた可能性も捨てきれないか。

自分の考えを脳内で纏めていると、不意に館長が不安そうな顔を作る。

「ただ、ですね」

「何か、変わったことが？」

俺がすかさず尋ねると、館長はやや間を空け——こんなことを言った。

「最近、娘に無視をされるんです」

「知るか」

予想を遥かに超える下らないことに、俺は即座に返す。なんだ、娘に口を利いてもらえないって。絶対今回の事件に関係ねぇだろ。

しかし、館長は俺の言葉を無視して（ムカつく）続けた。

「今年で十四歳になるのですが……今まで嫌われるようなことをした覚えはなく、何が原因なのかさっぱりで」

「……」

俺は館長の鳩尾に拳を突き立てたい衝動を必死に堪えた。

十四歳は立派な思春期だ。大人と子供の境界線で、精神的に少し不安定になっているだけ。俗に言う反抗期というやつで、しばらくすれば勝手に落ち着いていくので、その時を気長に待てばいい。

「本当に二十人で大丈夫なのか……不安になってきました」

館長がこんな奴なら、五十と言わずに百人くらいは派遣してもらったほうがいい。

と、大きな不安が残る俺に、先ほどから状況を静観していたクレル様が振り返って小首を傾げた。あぁ、可愛い。

「二十人も魔法士がいるなら、十分だと思いますけど？」

「十分ではありますが、人員は多ければ多いほどいいのです。館長もこんなですし……それに、国の重要な宝が狙われているのですから、本来は人員を出し惜しみしてはならない状況なのです。もしかしなくとも、対応したのは宰相ですか？」

「はい。これが貸し出せる限界の人数であると」

「あのゴミ野郎……」

俺は記憶にある宰相の不快な顔を思い浮かべ、顔面に本気の拳を叩き込みたい衝動に駆られる。何が貸し出せる限界だ。皇宮魔法士は二百人以上いるのだから、六十人以上は警備に駆り出しても問題はないはず。どうせ、自分たちを護る人員が減るのが嫌だっただけだろう。国の重要な宝を護ることに非協力的とは、宰相の名が廃るな。

「他には何か言われましたか？」

「ええ……絶対に護るようにと、念を押して言われました」

「最低限の手伝いもしないくせに偉そうなことを……クレル様。明日辺りにでも皇宮へ向かいませんか？　丁度宰相と言う名のサンドバッグを殴り飛ばしたい気分なので」

「国の重鎮に暴力を振るうために皇宮に行こうとしないでください。ただでさえ、ロートは権力者から嫌われているんですから」

「ならば何も問題はありませんね。寧ろ、俺はもっと奴らから嫌われたいと思っているので。どうせ俺を処罰できる力を持つ者はいませんし」

「だから問題児と言われているんですよ……」

クレル様は額に手を当てる。

すると、俺たちのやりとりを見て聞いていた館長は、信じられない物を見るような目で俺に視線を向けた。

「く、国の重鎮に暴力行為を？」

「昔の話です。一ヵ月ほど」

「それは昔とは言わないと思いますが……一体、何をやられたのですか？」

俺は淡々と答える。

「別に何も。ただ、俺の耳が聞こえる範囲内でクレル様を悪く言った財政大臣と外交大臣を殴り飛ばして病院送りにしただけです。正確には、それぞれ骨を十八本ずつ折らせていただきました」

「彼らが休職しているのはそういう理由だったのですか……」

「はい。ただ、少し後悔しています。どうせやるなら二度と自力で起き上がることができないほど完膚なきまでに叩きのめすべきでした。クレル様、申し訳ありません」

「謝るべき点はそこではないです」

そう言って溜め息を吐いたクレル様は、机の上に置かれた焼き菓子を一つ摘まみ、口の中に放り込んだ。次いで、俺のほうに振り向き、お小言。

「ロート。貴方は何をしても罰せられることがないとはいえ、やっていいことと悪いことがあると、昔も言いましたよね？　私のためとはいえ、貴方が誰彼構わず病院送りにするから、私たちが皇宮に行くと皆が怖がるんです」

「俺は奴らからどう思われようが知ったことではありませんが」

「わ・た・し・が！　とっても困るんです！　少しは自重してください」

「嫌です」

「だから少しは考えてから返事をしてくださいよ！」

クレル様は叫ぶが、俺は妥協するつもりは一切ない。

愛する主人を侮辱されて怒らない従者はいないだろう。それと同じだ。

とはいえ、クレル様が望まないことを俺がやるのは望ましくない。今回だけは、仕方なく妥協してやるとしよう。

「仕方ありません。宰相には『粋がるな、貴様の妻に不倫の証拠を突き付けるぞ』と言う程度にしましょう」

「だから敵に回すような行為はやめなさいと……というか、どうして宰相の不倫の証拠なんてものをロートが持っているのですか？」

「情報収集は執事の嗜みでございます、クレル様」

「そんな執事は聞いたことがありません」

「それはクレル様が世間を知らなすぎる、情報雑魚だからでございます」

情報収集をする執事というのは少なくないだろう。特に専属となれば、主の側近に等しい。主を護るために、また交渉事では有利になるために、武器となる情報を集めるのだ。特に、クレル様は特殊な立場にあるため、俺は彼女のために特に情報収集に力を入れているというわけだ。ちなみにクレル様はお化けが苦手。可愛い。愛してる。

空になったティーカップに紅茶を注いでいると、館長がクレル様に問うた。

「皇女殿下。ロート様は、その……何者なのでしょうか？」

「何者、とは？」

「それは……何というか、本当に単なる執事なのですか？　皇国の重鎮にも物怖じせず正面から歯向かうなど、普通の執事ではありえません。しかも、罰せられないとはどういう……」

気になるのは当然か。

だが……別に隠されていることではないし、知られたところで問題はないが、全てを説明するのは面倒だ。俺と館長は今回の事件が解決するまで、という非常に短い時間だけの付き合いになる。俺のことを事細かく説明してやる義理はない。

一瞬、視線を交錯させたクレル様に頷くと、彼女は目を伏せて頷きを返した。

「詳細は避けますが、ロートは皇国にとって非常に重要な人物、ということだけ伝えておきます」

「……そんな人物が、どうして執事など。それこそ、望めば好きな地位が手に入るのでは？」

「ハッ」

俺は鼻で笑い、言い返した。

「望んだからこそ、俺はクレル様の執事という立場についているのです。爵位や高官などの地位はゴミにも等しい。実際に提示されましたが、即座に蹴りました」

「なぜ、そこまで執事にこだわりを？」

決まっている。

「愛する人が、俺を必要としてくれるからです」

地位や名声、金など興味がない。そんなものは多くの人間が手に入れているし、無くしたところで代替物など幾らでもある。そこから得られる幸福など偽物だ。

一方、執事として、クレル＝カレアロンド様という、愛する主の傍にいることで得られる幸福には代替物など存在せず、誰も手に入れていない唯一無二の、俺だけの幸福。

俺の幸福＝クレル様の幸福。この方程式が成り立っているということだ。もう結婚したほうがいいと思う。しよう。

俺が極々普通の、赤ん坊が産声を上げた瞬間から理解していることを口にすると、クレル様は顔を赤らめ両手で顔を隠しながら言う。

「ロート……そういうことを人前で言わないでくださいとあれほど……」

「申し訳ございません。では、帰宅後に語ります。八時間ほど」

「もう十分ですよ!?」

「俺が足りないのです。これ以上我慢させられると禁断症状が出ます」

「どんな症状ですか！」

叫んだクレル様を無視して、俺は館長に告げた。

「俺は基本的にクレル様のことを第一に考えて行動しています。仮に、館長。貴方がクレル様に失礼を働き、彼女が傷ついたと俺が判断した場合……容赦なく叩き潰しますのでご注意ください。皇国の役人は既に何名も人間生け花と化していますので、手加減などしません。正直以前のトラップ誤作動は殺意を覚えましたよ」

「き、肝に銘じておきます」

「よろしい。それと、娘さんは単なる反抗期ですので、時間の経過と共に落ち着くはずです」

「おぉ！」

と、和やかな雰囲気が漂い出した時。

不意に、館長室の扉をノックする音が室内に響き渡った。

「入り給え」

一拍を置いて、館長は扉に向かって声をかける。すると、遠慮がちに扉がゆっくりと開かれ、同時に記憶に新しい顔が姿を見せた。

彼女は、確か……。

「失礼しま――」

入室した人物はソファに座るクレル様と背後に立つ俺を見た途端に、動きを止めた。

青や黄色の絵の具が大量に付着した白衣を身に纏い、右手には資料と思しき紙束が一つ。博物館の職員と言うよりも、年若い新人の画家、と言ったほうがしっくり来る服装をしている。おまけに、絵の具が付着しないようにするためなのか、髪を後ろで一つに縛っている。

前回とは印象が大分違うな。

俺が扉のほうを無言で見つめていると、クレル様が優しい声音で挨拶をした。

「こんにちは、エルネさん。お仕事中だったみたいですね」

「あ、えっ、と……こんにちは、クレル皇女殿下。その……っ」

あたふたと慌てながら言葉を連ねようと努力するが、想像以上にパニックになっているようで言葉が中々見つからないらしい。そうなる気持ちはわからないでもないが、大人なのだからもう少し落ち着きを持ったほうがいい。特に悪い貴族など、緊張して言葉が出てこないだけで不敬罪として処罰しようとしてくるからな。まぁ、そういう貴族は容赦なく叩き潰してきたが。

パニックになっているエルネに助け船を出すべきか思案していると、苦笑した館長がエルネに声をかけた。

「エルネ君、どうかしたのかい？」

「！　えっと……あ、ナフト二世の石画修復についてなんですけど、少し問題がありまして」

「問題？」

「はい」

エルネは館長の傍に近寄り、手にしていた紙束の紙面を指でなぞりながら言う。

「以前の修復……五十年以上前ですけど、その時の修復者がミスをしたのか、赤い目の塗料の下に、コクオン石の黒い粉末塗料が塗られていまして。完璧な修復となると、石を削る必要が出てきそうです」

「石を削る？　それはいけない。可能な限り、石画は傷をつけることなく直さなくては」

「ですが、そうすると修復が進まないかと」

「ん、んー……何とか石材を削らないやり方は見つけられないかい？」

「模索していますが、現状では何とも」

二人は揃って悩ましそうな表情を作り、紙面を見つめながら眉間に皺を寄せる。

どうやら、絵の修復作業に苦戦しているようだ。

描かれた当初をそのまま修復するという作業は、経験したことがない俺たちには理解できないほどに苦労することなのだろう。視線を移すと、クレル様が難しい話に首を傾けている。どれだけ聞き耳を立てても、知識のない貴女では理解することはできませんよ。

ただ……聞いている限り、俺には理解できない話ではなさそうだ。

「コクオン石の粉末塗料は、塩水によく溶ける性質を持っています。上塗りされている赤い塗料を剥がした後、新品の清潔な絵筆に塩水を染みこませて根気強く拭き続ければ、黒い塗料だけを綺麗に消すことができるでしょう」

「塩水……あ！」

そういえば！　とでも言うように二人は揃って目を見開き、エルネが慌てた様子で手にしていた紙に何かを書きこむ。その隣で、館長は感嘆の声を上げた。

「専門家でもないのに、よく知っていましたね。昔、画家か何かを目指されていたとか？」

「いいえ。ただ、以前読んだ本で偶然見かけたことがあっただけです」

「いや、それでも凄いものですね。おかげで、助かりましたよ。これで石材を削ることなく修復が……できそうかな？」

「勿論です！」

勢いよく頷きやる気を見せるエルネ。

仕事に意欲的に取り組むことは良いことだが……注意散漫になってはいけない。

「塩水は傷口に沁みますので、気を付けてくださいね？　エルネさん」

　俺はエルネの右手人差し指に巻かれた包帯を指さして言う。包帯と肌の境界は、赤く腫れていた。俺からの忠告を受けたエルネは焦った様子で、患部を左手で隠し——ん？
　一瞬違和感を覚えた直後、エルネは背中に手を回し、次いで、あはは、と苦笑い。

「お恥ずかしいです」

「どうしたのかね？」

「いえ、大したことではないですよ。修復中に石材の尖った場所で指を切ってしまっただけです。血は止まっていますから、作業に支障はありません。うっかり絵に血を零した、なんてこともありませんから、御心配なさらず」

「大丈夫ならいいのだが……気を付けるんだよ？　修復作業中の怪我はかなり多いからね」

「はい。では、作業場に戻りますね。ロートさん、ご助言ありがとうございました。クレル皇女殿下も、ごゆっくりなさってください」

　そう言い残し、エルネは館長室を後にした。
　静かな開閉音を響かせて沈黙した扉から目を離すと、クレル様が館長に問うた。

「エルネさんは、一体何を修復している最中なのですか？」

「古代リトアル王国七代目国王ナフト二世の肖像石画の修復ですよ、皇女殿下」

「えっと……」

助けを求めるように、クレル様は俺に視線を寄越した。歴史や芸術に興味がないクレル様は、博物館のことを聞いても大半は理解できないだろう。それなら聞かなければいいものを。

しかし、困り顔が可愛らしかったので、教えてあげることにしよう。また一つ、クレル様がかしこくなられる瞬間が訪れるわけだ。

「今からおよそ二千三百年前、カレアロンド皇国の南にあるアイグム川の傍に存在していた大きな国がリトアル王国です。そして、その七代目国王がナフト二世であり、彼らの時代は紙の画材が存在しなかったので、白く四角い石に肖像画を描いていました。白い石に描かれた絵を石画と言い、エルネさんはナフト二世が描かれた石画を修復している、というわけです」

「二千三百年前の絵を修復しているんですか……よく壊れずに残っていましたね」

「何度か盗難に遭っているんですが、盗んだ者は皆、絵の価値を理解していましたからね。破損したり、傷が入れば価値が下がるということで、かなり慎重に扱われていたのです。勿論、当博物館でも慎重に慎重を期して取り扱っております」

石画は紙の絵よりも劣化しにくいという特徴があるが、湿気や光によって塗料が傷んでしまう危険性はある。放置すれば、絵が全く見えなくなるほどのカビで覆われることもあるのだ。ナフト二世はリトアル王国を象徴する有名で人気のある王。その肖像石画は特に価値が高いため、管理は徹底的にしなければならないだろう。何かあった時の責任は重い。それこそ、首が一発で飛んでも足りないほどに。

「エルネさんは、予想以上に優秀みたいですね。まだ若いのに、重要な肖像石画の修復を任されるなんて……尊敬しちゃいます」

「彼女はとても優秀ですよ。他にも、五年で四十を超える美術品の修復を遂行した実力のある学芸員です」

自慢の部下です、と胸を張る館長。

確かに優秀なのだろうが……。

「優秀だというのなら、うっかりで俺たちを殺すようなトラップを発動しないでもらいたいですがね」

「もう！　無事だったんですからいいじゃないですか！　いつまでも引き摺る男性は好きじゃないですよ！」

「エルネさんほどの実績を積まれている若い学芸員の方はそうそういないでしょう？　本当に凄い人ですね、彼女は。俺も見習わないといけません」

「ロート、プライドはないのですか……」

クレル様に嫌われるくらいならそんなもの、喜んで汚泥の中に捨てておきます。寧ろ、プライドを捨てるくらいでクレル様からの寵愛を頂けるのであれば喜んで破壊して粉々にするくらいだ。

まぁ、それはいいとして。

「クレル様がナフト二世を知らないとは、正直言って驚きでした」

「同じく。ナフト二世は世界の歴史でも必ずと言っていいほど名前が挙がる、ビッグネームですからね」

俺と館長が揃って言うと、クレル様は何度も瞬きした。

「そ、そうなのですか?」

「そうです。クレル様は、『毒飲みの王様』という童話をご存じではありませんか?」

「毒飲み……あ、ちょっと聞き覚えがあります」

あって当然、と言っていいくらい、この童話は有名なものだ。

内容は至ってシンプルで、多くの民から愛されていた一人の王が酒に真っ赤な毒を盛られて毒殺される、という子供向けにしては少々残酷な話になっている。俺が初めてこの童話を知った時には子供ではなかったが、小さな子供はさぞ衝撃を受けることだろう。所謂、バッドエンドを迎えるのだから。

「世界的にも有名な童話で、毒殺された王である主人公の名前は、知らぬ者はいないとすら言われています。名は、ナフト二世」

「あ！」

そう。この童話は、ナフト二世の生涯をモデルにして作られたものなのである。実際、出土したナフト二世に関する記録を見ると、善良で多くの民から信頼を得ていたという。彼の最期も、絵本と同じく毒殺だった。

「絵本では真っ赤な毒と書かれていますが、実際にナフト二世の命を奪った毒は『樹血液』と呼ばれる猛毒です。七十度以上の高温に二分間晒されると毒素が分解されるという性質を持っていますが……事前に毒の存在を認知していなければ、防げません。ワインに混ぜられた毒に気づかず一気に飲み干した王は、グラスを持ったまま絶命したと言われています」

館長はまるで専門家のように知識を披露し、ティーカップを片手で持ち上げた。

毒殺は現在でも行われることのある殺害方法だ。瞬時に料理や飲料に混入している毒を見抜くことは難しく、命を落とす者は多い。現在でも死人が出るのだから、魔法技術に関する発達が乏しかったと言われる当時は防ぐことなど不可能だっただろう。

紅茶を一口飲んだ館長が、続きとばかりに言葉を連ねた。

「『毒飲みの王様』は年代、作者共に不明の謎多き作品です。ですが、ナフト二世をモデルにしていることは明らかであり、一説ではナフト二世の死後、彼を慕っていた部下が作ったのではないかと言われています」

「確か……毒殺の犯人は、自分の考えを否定された天文学者と言われているんでしたか？」

「よくご存じですね、ロート様。ですが、それはあくまで仮説に過ぎません。証拠は何一つ見つかっていませんから」

世界中の考古学者が追い求める、明主ナフト二世暗殺の犯人。それが解き明かされた時、止まっていた歴史は再び時を刻み始める……みたいな見出しが書かれた本が以前本屋で売られていたな。それだけ、注目度と人気の高い王様というわけだ。

一連の話を聞いたクレル様は、大きな溜め息を吐いた。

「自分の無知を痛感した気がします……」

「クレル様は地頭が良いですから、少し勉強するだけで多くのことを覚えることができると思います。勿論、満足するまでお付き合いしますよ」

「その時はお願いします」

「喜んで」

俺は主のささやかな願いを聞き入れ、胸に手を当てて一礼した。

魔法博物館を出た時、時刻は十八時を回っていた。

馬車の窓から見える街は昼とは違った様子で、街灯や多くの建物には明かりが灯り、一日の仕事を終えた者たちが石畳のメインストリートを歩いている。移り変わる人々の表情は様々ではあるが、大半は仕事を終えたことへの安堵感や達成感からか、柔らかなものになっている。何処かの酒屋では、夜はこれからだというのにも拘わらずすでに酒を飲み交わす男たちの笑い声が響いていた。

そんな愉快適悦な街を眺めていると、不意にクレル様が俺に問うた。

「そういえば、屋敷に残っている三人の食事はどうしたのですか？　私たちはこれからレストランに行きますけど……」

「勿論、彼女たちには自分で用意するように言ってあります。偶には自分たちで作らせないといけません。料理が全くできないというのは、使用人として致命的ですからね」

普段の食事は俺が作っているが、いずれはあの三人だけで食事の準備ができるようになってもらわなければ。料理以外のことは大抵何でもできるので、優秀なことに変わりはないのだが……クレル様が心配そうに言う。

「大丈夫ですかね？」

「一応料理を作るだけですし、仮に失敗したとしても一食抜いたくらいでは人間は死にませんので、大丈夫ですよ」

「あの子たちではなくて、キッチンが」

「……保証はできません」

それればかりは、祈るしかない。

包丁の使い方がわからず包丁まで刻んでしまったり、不必要にフランベをやり始めてコンロ周辺が悲惨なことに……考えたくもないが、そんな悲劇が訪れる可能性は十分にある。

頼むぞ、お前ら。いや本当に。

「忘れていましたが、彼女たちはクレル様に勝るとも劣らないポンコツでしたね」

「さりげなく私までポンコツ扱いするのはやめてもらえますか？」

「安心してください。俺は貴女のポンコツ具合も含めて愛していますので」

「そういう問題じゃありません！」

いつものように不服そうな表情を浮かべたクレル様に苦笑し、俺は停車した馬車から先に下りる。一緒に下ろした車椅子にクレル様を乗せ、『ラミット』と洒落た字体で書かれた看板が目印のレストランの扉を開けて中へ。馬車は御者が近くに停めておいてくれるので、任せるとしよう。

「いらっしゃいませ」

入店してすぐに黒い短髪のウェイターが駆け寄り、人数や予約の有無を問うてきた。上流階級の者たちも好んで利用するだけあり、言葉遣いや礼儀作法は徹底されていた。

店内は個室と仕切りの無いオープン席に分けられており、個室は別料金がかかるので大半の客がオープン席で食事をしている。個室を使うのは、顔が公に知られていたり、格式の高い貴族が多いらしい。丁度、皇族であるクレル様もその枠に入るだろう。

ウェイターに個室へと案内されている途中、調理場にはコック帽を被った大柄の男がフライパンを巧みな捌きで振っているのが見えた。目が合うと、彼のほうから片手を上げられたため、俺は目礼して返す。目の前のフライパンに集中しろ、筋肉馬鹿が。

小綺麗な個室に入り、俺とクレル様はテーブルを挟んで向かい合う形で席に着いた。

「さっきのコックさんが、お知り合いのオーナーシェフですか？」

「ええ、そうです。ウェブルという名前の男で、頭の中では常に料理と筋肉のことを考えている、所謂筋肉料理馬鹿というやつですね」

「その単語は今初めて耳にしましたが……どういう経緯でお知り合いに？」

「以前──俺がクレル様の執事になったばかりの頃、料理研究のためにここを訪れたのです。その時、店内で暴力騒ぎを起こした魔法士を半殺しにして知り合いましたね。謝礼として料理のレシピを教えてもらいました」

「珍しい知り合い方ですね……」

ちなみに当時教えてもらったレシピの料理は屋敷でも偶に作っている。一流コック直伝のレシピということもあり、味は格別だ。筋骨隆々で好き好んで近づきたくはない暑苦しい奴だが、知り合ってよかったとは思えている。ギリギリ。だが会うたびに筋トレを勧めてくるのはやめてほしい。盛り上がった筋肉の男らしい肉体は美しいとは思うが、クレル様はムキムキな男性が好みではないのだ。

クレル様が意外そうに言う。

「出会い方は貴方らしいですが……正直、ロートに友人と呼べる人がいるとは思いませんでしたね。常に私の傍に付いていてくれていますし、友人を作る時間などないのかと」

「確かに、俺はクレル様が起きている時は常にお傍にいます。が、クレル様が就寝された後は、意外と外に出たりもしています。主に、情報収集のために」

「へぇ、夜の街に行ったりして──」

言いかけ、何かに気が付いたクレル様は言葉を止め、目を細めて俺を見た。

「夜の街で……変な遊びはしていない、ですよね？」

「変な遊び、とは？」

「そ、それは、その……私の口からは言いにくいこと、と言いますか……」

「あぁ、そういうことですか」

クレル様の言いたいことを察した俺は、やや呆れながら言葉を返す。

「クレル様。俺は愛する女性以外と身体を重ねるつもりは毛頭ありません。ですので、遊びでもそういう場所には行きませんよ。というか、日頃からクレル様への愛を口にしておきながらそんなところに行くなんてこと、できるはずがありません」

「そ、そうですよね。ロートは真面目ですから、そういうところには、行きませんよね」

ホッとした様子でクレル様が安堵の息を吐いた時、先程のウェイターがレストラン・ワゴンに料理を載せてやってきた。

焼きたてのパンにサラミが載ったサラダ、川魚のバターソテーにメインであるトマトシチュー。香ばしいスパイスが鼻腔を擽り、食欲をそそる。

俺は自分の料理に自信があるけれど、やはり考案者というか、その道のプロが作るものには敵わないのかもしれない。やるじゃないか、あの筋肉野郎。

「美味しそうですねぇ……でも、多くないですか？」

「食べきれる分でいいですよ。残れば俺が全て食べますので」

「ふふ、相変わらず見た目に反して大食いですね」

ウェイターが「ごゆっくりどうぞ」と個室を出た後、クレル様はまず、新鮮な青野菜のサラダに手を伸ばした。サラミの他に特製のドレッシングがかかったサラダも、客たちの間では非常に評判となっている。

「うん、美味しいですね」

「それはなにより」

クレル様が料理に手をつけたことを確認してから、俺も食事に手を伸ばした。

従者は主よりも先に食事に手をつけることは許されない。クレル様はそんなこと気にしなくていいと言うけれど、これは従者としての常識でありルール。主が許したからと言って、それを破って良いわけではないのだ。

フォークとナイフで川魚のバターソテーを切り分け、口に運ぶ。香辛料の辛みと塩みが白身によく合う。香辛料の分量や白身の焼き加減も絶妙だ。これは教えてもらっていないレシピなので、是非とも知りたいところ。屋敷に残っている三人に作ってやれば、彼女たちも喜んで食べると思うのだが——、

——違和感が過った。

食事の手を止め、俺は顔を上げてクレル様を見る。彼女はスプーンを片手に持ち、ウェブル渾身の逸品であるトマトシチューに口をつけようとしていた。

別に、何もおかしくはない光景。食事中であるならば、至って普通の場面。周囲に意識を向けるが、特に奇妙なことはない。

だが、確かに今、俺は強烈な違和感という名の危険を察知した。背中に冷たい水滴を落とされたように背筋が伸び、五感が鋭敏になる。止めるな、常に考え続けろ。

もう一人の自分に忠告される錯覚を覚え——意識を、一点に向けた。

クレル様の目の前にある、トマトシチューが入った皿に。見た目は単なる、普通のトマトシチューだ。以前食べたことがあるが、その時と見た目は全く同じ。当然具材の配置は変わっているが、特に目を見張るほどの大きな変化はない。

だが、一つ。視覚ではなく——鋭敏になった嗅覚で、俺は異常を発見した。

シチューの香りの中に、ほんの僅かに、鼻をつく刺激的な香りが混じっていることに。

「ッ！　クレル様ッ!!」

全身が粟立った俺は即座にクレル様の名を叫ぶ。

だが、既に彼女はシチューに口をつけてしまった後だった。

「ろ、ロート？　どうしたんですか？」

「シチューを今すぐに吐き出してください。一刻も早くッ！」

「何を言って――え？」

クレル様が困惑の言葉を発した直後――彼女の両の瞳から、一筋の血涙が流れた。

「――！　守護盾鍵ッ！」

魔鍵を召喚し、俺はテーブルを飛び越えてクレル様の下へと駆け寄る。同時に、自分に対する激しい怒りが湧き上がった。何故クレル様が料理に口をつける前に、俺が毒見をしなかったのか。なぜ、もっと早く料理に混入されていた猛毒に気づくことができなかったのかッ!!!

俺が後悔の念に苛まれている間も、クレル様は俺の腕の中で滂沱の血涙を流し、胸を押さえて喀血を繰り返す。苦しそうに、何度も、何度も。

「ロー、ト……これ、は」

「申し訳ございません、気が緩んでいた、俺の責任です」

間欠泉のように吹き出し心を満たす怒りを抑えるため、俺は血が滴るほどに下唇を噛みしめる。

これは猛毒だ。本来ならば、助かることのない、殺意の塊。

仮に医者がクレル様の状態を見たならば、即座に助からないと言い切ることだろう。今、彼女の身体は体内に侵入した毒によって破壊されており、数分もすれば心臓の鼓動と呼吸が止まる。逃れることのできない死神の鎌に、捕まってしまったのだ。

このままでは、俺の愛するクレル様が死んでしまう。

故に――彼女を救うため、彼女の苦痛は全て、俺が引き受ける。

「詳しいことや、俺に対する罰は、全てが終わった後で――苦悩受胎」

「え――！」

苦しみに喘ぐクレル様の唇に、俺は自分のそれを重ねた。桜色の唇の柔らかな感触と、血が含む鉄分の味が伝わる。ロマンチックと表現するには、血生臭すぎるキス。

この接吻には、愛も肉欲も存在しない。

あるのはただ、クレル様の命を救い、主を危険に晒した俺自身を罰するための、贖罪。

苦悩受胎は守護盾鍵を持つ俺だけが使うことのできる魔法であり、効力は――口づけを交わした者が持つ全ての苦悩を引き受ける。

つまり、俺が身代わりになるのだ。

クレル様を苦しめる毒も、毒によって彼女が受けた負傷も、全て。

二十秒が経過した時、俺はぐったりとしているクレル様から唇を離した。

長い口づけを終えた直後の彼女は顔を真っ赤に染め上げ、羞恥（しゅうち）に身体を震（ふる）わせる――ことはなく、血涙の痕跡（こんせき）を残したまま、今にも泣きそうな表情で俺を見つめていた。

「ロート、まさか――」

「!!」

ドクン、と心臓が一度大きく脈動した直後、俺は先ほどのクレル様と同様に瞳から血涙を流し、胸に走る激痛を堪（こら）えて奥歯（おくば）をきつく噛みしめる。

熱い。燃え盛る業火（ごうか）の中に身を沈（しず）めているのではないかと錯覚するほど、全身が熱を持ち正常な思考ができなくなる。幾度（いくど）となく血を吐き出し、床（ゆか）が粘（ねば）り気（け）のあるそれで汚（よご）れていく。燃えるように熱いのに、全身の悪寒（おかん）が止まらない。頭痛がする、吐き気もだ。この苦しみが十数分続くのなら、喉元（のどもと）にナイフを突（つ）き立てたい衝動（しょうどう）に負けてしまうかもしれない。

いや、本来であれば、この猛毒を摂取（せっしゅ）した人間は五分程度の猛烈（もうれつ）な苦しみを味わった後、糸の切れたマリオネットのように事切れる。しかし、残念なことに、俺は猛毒などでは死ぬことはできない。守護盾鍵（プロキオン）は契約者（けいやくしゃ）に対し、毒などから身体を護（まも）る守護の力を授（さず）ける。

この苦痛の波が引くまで、耐えるしかないのだ。

それに、死ぬわけにはいかない。

俺の中には今、苦しみよりも遥かに大きい怒りの炎が灯っているから。

「ロート！　ロートッ!!」

悲痛な声音で俺を呼ぶクレル様。確かに、俺は顔を見ずに声をかける。

「御心配、なく、クレル様。クレル様に、死んでしまいたい衝動に駆られていますが、死ぬことはありません。俺の魔鍵、守護盾鍵は守りの魔鍵。少し経てば、俺の体内で暴れる毒が弱まり、苦痛も収まるはずですから」

大分苦痛にも慣れてきた。依然毒の効力は継続しているものの、何とか喋ることくらいはできる。

背中を壁に預け、俺はテーブルの上に置かれているトマトシチューの皿を指さした。

「……ナフト二世が、一体何を飲んで暗殺されたのか、憶えていますか？」

「ナフト二世？　えっと、樹血液、でしたか？」

「そうです。川沿いに群生する、丈の短い赤樹の樹液であり……生物が摂取すれば、耐えがたい苦痛を味わった後に死亡します。丁度、今の俺のように」

古来より、この毒は暗殺に用いられてきた。強さと即効性は他に類を見ないほど強力であり、口に含んだ時点でほぼ確実に暗殺は成功する。ただし、樹血液は直接肌に触れるだけでも危険であり、皮膚接触によって体内に毒素が侵入して死に至る可能性がある。使用者にも危険が及ぶため、最悪の毒物と言ってもいい。

だが……樹血液が使われたことで、誰が混入したのかは簡単に割り出せそうだ。

「調理場に……」

「ま、まだ動いちゃ――」

「いいえ、クレル様。今、動かなければならないのです。こんなことをしてくれたクソったれに、逃げられる前に」

俺は守護盾鍵を握りしめて立ち上がり、全身に力を込めて個室を後にする。

久しぶりだ、これほどまでに本気の怒りを覚えたのは。もはや殺意と言っても大差ない激情だが、殺すようなことはしない。せいぜい、いつも通り半殺しだ。

白いシャツを血で汚し、怒りに染まった形相で個室から出てきた俺を、他の客は驚きの表情で動きを止めて見つめる。中にはどうかしたのかと声をかけようとする者もいたが、俺がひと睨みすると無言で腰を下ろした。

今は、善意の心配に構っている暇はない。

張りつめた雰囲気を醸し出し、壁に手を当てながら目的の場所に向かって進んでいる途中、俺たちを個室へ案内したウェイターが声をかけてきた。

「お、お客様⁉　どうなさったのですか――」

「丁度よかった。あの野郎……ウェブルのところまで案内してくれ。今すぐに」

「そ、総料理長の下へ、ですか？　しかし、まずは手当てを――」

「手当てをする時間なら、後で幾らでも作る。今は、あいつのところまで行くことが大事なんだ。案内してくれ、ウェイター君」

睨みを利かせて言うと、彼は一瞬怯んだ後、渋々と言った様子で俺を調理場まで案内した。良かった、これで一々探しに行く手間が省けた。

「総料理長、お客様が……」

「ん？　――って、おい！　ロート、お前……なんで飯を食っているだけでそんなにボロボロになってんだッ！」

ウェイターが呼ぶと。ウェブルは油を馴染ませていたフライパンを放棄し、火も止めないまま俺の下に駆け寄ってきた。肩を掴む巨漢の料理人の顔には、大きな心配と動揺が見て取れる。

ああ、わかっているさ。犯人はウェブルじゃない。こいつは自分の料理に命をかけている奴だし、こんな卑怯なことをするような男じゃない。ただ純粋に、俺とクレル様に美味い料理を味わってもらおうとしていただけだ。

わかっていた。ウェブルが犯人でないことは、最初から。

では、何故彼の下へ来たのか。

それは——俺の推理を確実なものにするためには、こいつの証言が必要だったのだ。

「ウェブル、一つ質問だ」

「いやお前、そんなこと言っている場合じゃ——」

「大事なことだ」

俺はウェブルの腕を掴んで、問うた。

「お前が作るトマトシチューは沸騰させたまま器に盛りつけるな？」

「あ、あぁ。そうだな」

「俺たちに出したトマトシチューは、器に盛りつけてからどれくらい冷ました後、ウェイターに運ばせた？」

「冷ました時間だと？」

一拍を置き、ウェブルは答えた。

「トマトシチューは全て、皿に盛った後三十秒おいてから運ばせている。少し冷まさないと、運んだ直後に食べたお客さんが火傷するかもしれないからな」

「その間に、触れるようなことは？」

「ないな。触るなって言いつけてあるし、砂時計で時間を測っているから、砂が落ちるまで近づく奴もいない」

「了解だ」

　ウェブルの答えに、俺は口角を釣り上げた。

　全身を苛む苦痛は微かに和らいだものの、未だに身を焦がすような灼熱感や悪寒は消えていない。血涙も止まっておらず、呼吸をするだけで血を吐き出しそうになる。

　常人ならば発狂していても不思議ではない苦痛の中、俺は肩に置かれていたウェブルの手をどけ、後ろで心配そうにこちらを見ていたクレル様に笑いかけた。

「少し、下がっていてください」

「え――」

　俺は返事を待つことなく歩き出し、ウェブルの背後にいた男――ここまで同行させた黒髪のウェイターの頭を力強く掴み、激情のまま油を引いたフライパンに本気で顔面を叩きつけた。

「「「!?」」」

「ガ――――ッ!!!???」

その場にいた全員が驚愕する中、炎で熱せられた油が跳ねる鉄製のフライパンにキスをしているウェイターは、熱から逃れようと必死にもがく。しかし、ウェイターの力を遥かに上回る力で俺が押さえつけているため、逃げることはできない。そもそも、逃がすわけがないだろう、馬鹿が。

「ロート、何を――」

「料理の中に樹血液を混入させたのはお前だな？　ゴミ野郎」

クレル様の言葉を遮って言い、顔面を真っ赤に腫らしたウェイターの鳩尾に膝を突き立てる。次いで、胸倉を掴んで客のいるホールへと投げ飛ばし、テーブルに仰向けになったウェイターの油塗れの顔面に踵落とし。二つに割れたテーブルの中央で気絶しかけていたウェイターの髪を掴んで無理矢理起こし、その場の全員に聞こえるように問いただす。

「質問に答えろよ。料理に毒を盛ったのはお前だよな？　と聞いているんだ」

「ち、が――」

「いいや、違わない」

俺は即座に否定する。

この状況でよくもまぁ白を切る度胸があるものだ。俺はこいつが犯人であると確信しているからこそ、ここまで痛めつけているというのに。

仕方ない。簡単な謎解きを披露してやろう。

「まだ逃げられると思っているお前に教えてやる。俺の身体の中で暴れている樹血液という毒は、七十度以上の高温に二分間晒されると毒素が分解される。料理が並べられてからクレル様がシチューに口をつけるまでの時間は五十六秒。お前が料理を並べるのに要した時間は二十三秒。調理場から俺たちのいた個室までは二十秒といったところだ。ここまで九十九秒。仮に盛り付けたウェブルが毒を入れたのならば、俺たちの下に運ばれた時には毒素が分解されているはずだ。つまり、ウェブルの後に器に近づいたお前しか毒を盛るタイミングがあった奴はいない。違うか？」

「……っ」

「黙り込む、ということは正解だな？」

ウェイターの視線が右斜め上に動いた。人間は嘘や言い訳を考えている時、自分から見て左斜め上を見る癖があるらしい。つまり、こいつはこの期に及んでも逃れる術を考えているということだ。

そのことが、非常に腹立たしい。

「俺は……今、この瞬間にも俺を襲う苦しみはどうでもいい。クレル様を救うために負った名誉の負傷と思えば、怒りを覚えることもない。彼女を護ることができたならば、それでいい。だがな――」

ギリ、と奥歯を噛みしめ、殺意の籠った視線でウェイターを見据える。髪を掴む手に力が入り、反対の手に持った守護盾鍵をゆっくりと上げた。

ドロドロとした、人が日常で抱いてはいけない危険な感情が滲み出る。声に、視線に、この男を殺してやりたいという殺意が、無意識の内に籠ってしまう。

仮にも、主であるクレル様の前では抱いてはいけない感情だ。普段の冷静な俺ならば、一瞬たりとも醜い感情を表に出すことはないはず。なのに……今は、止められなかった。

「俺が感じているこの苦痛を、一瞬でもクレル様が味わったという事実を、俺は到底許すことができない。俺の愛する人を亡き者にしようとした、お前を俺は許さない。ここで――」

頭上に持ち上げた守護盾鍵を振り下ろそうと力を込めた時、

「ロート」

その呼び声と共に頬が強く叩かれ、我に返った。

湧き上がっていた激情が波のように引いていき、俺は頭上に持ち上げていた守護盾鍵を回し、虚空に消す。掴んでいたウェイターの髪を離すと、奴は二つに割れたテーブルの中央に落下。見ると、白目を向いて気絶していた。至近距離から殺気に当てられ、意識を保つことができなかったらしい。

俺は意識のないゴミクズを一瞥し、いつの間にか傍に立っていたクレル様に頭を下げた。

「申し訳ありません。少し、取り乱しました」

「はい、反省してください。騎士団を呼びましたから、あとは任せましょう。私のことを想ってくれたのは嬉しいですが……貴方が手を汚す必要は、ないんです」

「……はい」

その言葉を聞いた途端、怒りに身を任せて無理矢理動かしていた身体の力が抜け、俺はその場に膝をついた。血涙は止まったが、胸に走る激痛や喀血は止まっていない。だが、苦悩受胎を使った直後よりは確実に容体は良くなっていると言える。一時間もする頃には、喀血や胸の痛みも収まっているころだろう。

まぁ、身体から毒が消えるよりも先に、騎士団の事情聴取があるんだが。

俺はそれを面倒に思いながら、騎士団の到着を待った。

翌日の朝八時。

「おはようございます、クレル様」

出来立ての朝食をテーブルに並べたタイミングで食堂に入ってきたクレル様に一礼する

と、彼女はこちらに歩み寄りながら挨拶を返した。

「おはようございます、ロート。昨日はよく眠れましたか？」

「申し訳ありません、あまり眠れませんでした」

「！　やっぱり、まだ毒が……？」

「いえ、クレル様がおやすみのキスをしてくださらなかったので」

「したことありませんよ⁉」

「冗談でございます」

クレル様との会話を楽しみながら、ガラスのコップに冷水を注ぐ。

あまり眠れなかったのは本当のことだ。樹血液の毒成分は完全に中和できたとはいえ、頭痛や吐き気は屋敷に到着してからもしばらくは消えることがなかった。更には一人になったことで抑え込んでいた怒りが再燃したり、とても眠れるような状態ではなかったのだ。

「クレル様が騎士団を脅してくださったというのに……申し訳ありません」

「人聞きの悪いこと言わないでください。その、彼らが勝手に怖がっているだけですから」

不服そうに言いながら、クレル様は定位置である席に着く。

本来であれば、昨日は一晩中騎士団の詰め所で事情聴取を受ける羽目になっていたはずだったのだ。皇族の暗殺未遂は重罪であり、簡単な取り調べで終わらせてはならない重大事件。俺はもとより、店の関係者やその場の目撃者も長時間の拘束が余儀なくされると思っていた。だが、駆け付けた部隊の隊長と思しき青年に、クレル様は強い口調で『彼は私の従者で、私を助けて毒の猛威に苦しんでいます。事情聴取は、彼の体調が万全になった後日にしてください』と申し出た。勇気ある青年は『しかし……』と一瞬渋ったが、『私に何か異論が？』とクレル様が言うと恐怖に染まった表情で首を左右に振り、俺たちは騎士団の到着から五分程で帰宅することになった。

クレル様すげぇ、とあの時は素直に思った。やはり『王』の発言力は絶大らしい。

あぁ、そうそう。砕けたテーブルの上で気絶していたウェイターの毒男が騎士団に連行されていくのを見届けた後、ウェブルに店の被害額を計算した後に皇宮の役所に費用を請求するように伝えておいた。かなり多くのものを壊してしまったが、皇族であるクレル様を護るために必要な損害だったと俺が説明すれば、渋ることもなく素直に役所も店側に支払うことだろう。あいつらは俺に頭が上がらないし。

昨晩のことを思い返していると、クレル様が周囲を見回して首を傾げた。

「そういえば、あの子たちは？」

「掃除中です」

「掃除？　掃除ならご飯を食べてからにすればいいのに」

「クレル様。ただの掃除ではありません。これは罰も兼ねているのです」

「え、罰？」

「はい。要約すると、クレル様の予感は的中したということです」

それを聞いた瞬間、クレル様は額を押さえて溜め息を吐いた。

そう。大変だったのは屋敷に戻った後だった。玄関先で帰りを待っていた使用人の三人はシャツを血で染めた俺を見るなり『誰を殺してしまったんですかッ！』と見当違いな心配をして俺に詰め寄ってきた。特にファラーラは『すぐに詰め所行くぞ！』と涙ぐみながら俺の腕を掴んで来た。全員ぶん殴ろうかと思ったな。俺のことを何だと思っているんだか。

結局クレル様が起きたことを全て説明して全員が納得した後、屋敷に入ってクレル様を寝室まで送り届け、俺も簡単な見回りをして早々に眠ろうと思ったのだが……キッチンを見て、軽く絶望した。

レストランに向かう途中の馬車内で、クレル様は三人がキッチンを使用して大丈夫か？と心配していたが……その悪い予感が、現実になっていたということである。壁は炭を塗りたくったかのように黒く染まり、床は何故かベトベトしていて歩く度にギチギチと靴裏が引っ付く音が響く。当然のようにまな板は細切れにされており、鍋に至っては何故か変形していた。

一体何をどうやったら、こんな地獄絵図が出来上がるのか。

俺は怒りを通り越して呆れた視線で三人の使用人を見やると、彼女たちは全員顔を背けて俺の視線から逃れようとした。そういうところは息ぴったりか、と更に呆れた。

いつもの俺ならば彼女たちをベトベトの床に正座させて説教をするのだが、生憎疲労と猛毒のダメージが蓄積していてそんな元気がなかったので、洗剤を撒いて朝掃除するように言い、俺は部屋に引っ込んだ。

一応、彼女たちの表情からは反省が見て取れたので、説教は勘弁してやることにしたのだ。甘いとは思ったが。

それに、あれの掃除は相当大変だ。それだけでもかなりの罰になるだろう、という判断は正しかったらしい。今は泣きそうになりながら必死に床を磨いている。朝食は昼食になりそうだ。

「大変そうですね」

「彼女たちが自分でやったことですからね。俺が手伝っていては罰になりません」

「まぁ、そうですね……ところで、もう身体は大丈夫なんですか？」

クレル様の心配に、俺は頷きを返す。

「問題ありません」

「本当ですか？　今日くらい休んでもいいんですよ？　考えてみたら、ロートは私の執事になってから一度も休みを取っていない気が……」

「俺をその辺りの人間と同列に扱わないでいただけますか？　大丈夫です。というよりも、俺がいないと貴女は何もできないでしょう？」

「そ、そんなことありませんよ！　一人、でも……」

「強がらないでください」

多分、一人で何かをしようものなら、悉く失敗すると思う。常に誰かが傍にいないと、危なっかしくて気が気でない。子供のように、目を離すと何処で何をやっているのかわからなくなるからな。クレル様＝子供。十代も後半なのですから、大人になってください。じゃないと結婚できないので。

「それと、一つお伝えしたいことが」

「？　なんですか？」

オムレツを切り分ける手を止めたクレル様に、俺は背筋を伸ばして告げた。

「俺は今回の、エトワの魔鍵強奪予告事件にあまり積極的に関与する気はありませんでした。国の宝物が狙われようと、俺やクレル様には関係のないことでしたので。しかし、昨晩はクレル様の命が狙われ、もう俺たちには無関係のことではなくなりました」

「ちょ、ちょっと待ってください！」

フォークとナイフを皿に置き、クレル様は俺の言葉を止めて言った。

「ロートは、昨日の件が博物館の予告状と関連している、と？」

「その可能性は高いと思っています。あのウェイターがクレル様を狙う理由はそれしか考えられません」

タイミングはドンピシャ。その他にも怪しい点が幾つもあるので、関連性は十分に考えられるだろう。エトワの魔鍵を強奪する最大の障害となるクレル様を亡き者にしようと考えた、といったところだろうか。

どういった理由があろうと、俺は今回の犯人を許す気はない。

「だとしたら、あのウェイターの男が予告状の犯人なのでは？」

「考えましたが、今朝がた、その可能性は消えました」

俺は懐から一枚の紙を取り出し、クレル様に手渡した。

「これは？」

「騎士団が昨夜の内にウェイターの男から聞き出した情報です。今朝、ポストの中に入っていました。彼は金を渡され、頼まれたからやった、と。樹血液もその時一緒に渡されたそうです。ただ、肝心の依頼者については何もわからないままだと」

「そこまで現実は甘くない、ということですね……」

「ええ。またいつ、クレル様の身に危険が迫るか、わからない状況のままです。話を戻しますが……俺は今回の事件に深く関わることを決めました」

俺の怒りは収まったわけではない。寧ろ、昨日よりも大きくなったと言ってもいい。持ち前の自制心で表に出していないだけだが……犯人の顔を拝んだ時、俺は感情を抑制することができずに暴発してしまうことも考えられる。昨日も、怒りに任せてウェイターの男を殺そうとしてしまった。反省してはいるが、次は大丈夫と言い切る自信はない。

だから――。

「俺がもし、再びクレル様の望まないことをしようとしたら……止めてください。必要と判断したのなら、貴女の魔法を使っていただいても構いません。貴女の望まない俺になるくらいならば――」

「大丈夫」

俺の手を握り、クレル様は優しく語り掛けるように言った。

「そんなことはしません。そうなった時は、貴方を傷つけることなく、止めて見せますから」

「……ありがとうございます」

俺は彼女の慈悲深さに感謝と敬意を抱き、深く頭を下げた。

優しさ溢れる我が主の命を奪おうとした愚か者を絶対に地に伏せてやると、密かな決意を固めて。

✦✦✦

CHARACTER

File No.2 ———— Krell Carreralonde

クレル
カレアロンド

Age:18

Job:第三皇女

Key:???

カレアロンド皇国第三皇女。生まれつき身体が弱い上に一人では生活困難なレベルのポンコツ少女。かつては皇宮内でも冷遇される存在だったが、ロートと出会った際の事件により、一転して畏怖される存在になる。恐れられるようになったことには複雑な気持ちを抱いている。

✦✦✦

第四章 人は時に、自分の未来を犠牲にしてでも成し遂げたいと切望する願いを持つ

そして予告日当日、午後七時。

「やっぱり、物々しい雰囲気になっていますね」

「ええ。全員、かなり殺気立っているように思えます」

これまで通り馬車で魔法博物館の敷地内に入った俺たちは、多くの警備担当の魔法士が目を光らせる光景に、各々の感想を口にした。

博物館前から正面広場には魔鍵を手にした魔法士が数人立っており、その目付きは殺伐としたもの。異様なほどの緊張感が周囲に漂っており、彼らの瞳に浮かぶのは強い警戒心。

俺たちが乗った馬車が敷地内に入った時も、全員が一斉に魔鍵をこちらに向けていた。

与えられた任務に対する姿勢や高い警戒心を維持することは褒められたものだ。だが、仮にもクレル様が乗ったこの馬車に敵意の矛先を向けるのは、あまりにも不遜。俺は守護盾鍵を回し、濃密なマナの放射によって敵意を迎撃。一瞬怯んだ魔法士たちを窓から見やり目礼すると、彼らは背筋を伸ばして敬礼をし、任務に戻った。

覆すことのできない実力の差を見せつけ、尚且つ絶対的な強者が味方についているという安心感を抱かせ、肩の力を抜かせる。過度に緊張や警戒をし続けると、肝心な時に全力のパフォーマンスを披露することができないものだからな。まだ予告の時間まで二時間もあるので、こんな時間から気を張りつめていたら疲れてしまう。我ながらスマートに彼らの緊張を解くことができた、と自画自賛していたのだが……隣に座っているクレル様が俺の頭を軽く小突いた。

「威嚇しちゃ駄目ですよ」

「実力の差を見せつけただけですよ。自分たちでは敵わない絶対的な強者が味方にいると考えるだけで、彼らの気も楽になるでしょう？」

「そうかもしれないですけど……もっと穏便に――あぁ、今の威嚇は手を出さなかっただけよしとしましょう。ロートにとっては、穏便なやり方なんですよね？」

「勿論でございます。血が出ていませんので」

「考え方が物騒なんですよ。というか」

クレル様は一度言葉を区切り、自身が座る座席に目を向けた。

「どうして今日は隣に座っているんですか？　いつもは向かい側なのに」

その問いは、俺が聞かれるだろうと思っていた十三の質問の内の一つだった。クレル様と俺は今、馬車の同じ座席に腰を落とし、尚且つ肩が触れ合うほどの至近距離にいる。

俺は右手に持っていた守護盾鍵（プロキオン）を消滅（しょうめつ）させて答えた。

「レストランでは対面に座っている状態で毒を盛られましたからね。二度とそんなことが起きないように、より近くでクレル様をお護りすることにしました」

「そこまで近くなくても大丈――」

「そう思っていた時に、まんまとやられてしまいました」

慢心（まんしん）していたのだとは思う。

護りに関しては俺の右に出るものはいない、俺の防御（ぼうぎょ）を突破（とっぱ）してクレル様に危害を加えることなど不可能だ。そうやって自分の実力を過信していた結果、樹血液を料理に盛られ、危（あや）うく大切な主を失うところだった。

俺は深く反省し、自分の実力の再評価を行い、二度とこのようなことが起きないようにするためにはどうするべきかを考えた。そして、最終的に以前よりもクレル様との距離を近くすれば、より早く危険を察知できるのではないかという結論に至ったわけである。

これを思い付いた時、俺は思わず『天才なのではないか？』と自分を褒め称（たた）えた。クレル様に降りかかる災（わざわ）いを完璧（かんぺき）に防ぐことができるだけではなく、愛（いと）しい人を身近に感じることができる。一口で二度美味（おい）しいとはこのことですか、と神に問いただしてしまったほど。

　この合理性の鬼とも呼べる回答は、ロートの最終審判という名で後世まで長く語り継がれることだろう。愛する人に仕える者はこれを心のメモに書き記すべし。記さない者はぶっ飛ばせ、と神が言っている気がする。神もクレル様の美しさ、素晴らしさ、可愛さを十分に理解しているはずなので、そんなことを言っていてもおかしくないはずだ。というか、言え。

「……それにしても、近すぎる気がしますが」

「……、不快ですか？」

　俺は不安そうな雰囲気を醸し出してクレル様に聞くと、彼女は一瞬息を呑んで顔を背けた。

「べ、別に嫌とは言っていません！　ロートが、これがいいと言うのなら、構いません！」

「ありがとうございます」

　チョロすぎ。

　善良な一般家庭に生まれていたら、今頃きっと悪い男に騙されていたのではないかと思ってしまう。害悪クソ虫共が寄り付かないよう、俺がしっかりと護ってあげなくては。

　そこで、馬車は停車し博物館の裏口に到着。

俺とクレル様は揃って馬車を下り、用意した車椅子に彼女を乗せて館長室へと向かった。通路を通る際も多くの警備員が俺たちへと一瞬の警戒心を向け、俺が手を上げると一礼して配置に戻って行く。ありがたいな。調教の必要がなくて。

記憶に残っている館長室への道のりを進み、やたらと立派な扉を強めに三回叩く。すぐに中から返事が聞こえたため、扉を開けて入室した。

「……以前にも言ったと思うのですが、もう少し優しく扉を叩いてくれませんか？　ロート様」

「軽く叩いただけでは気付かない可能性もあります。ですので、館長が必ずノックに気づいてくださるようにしているのです。俺のささやかな気遣いに感謝して床に頭をつけてください。今すぐに。さぁ」

「ロート。今はふざけている場合ではありませんよ？」

「俺は至って真面目なのですが」

「もっと悪いです」

冗談というわけでもないのだが、確かに現状では不要なやりとりだろう。

全く、館長には時と場所を考えてもらいたい。だから娘に嫌われるんだぞ。

そんなことを思いながら車椅子をソファに近づけながら、俺は館長に言った。

「それよりも、館内はかなり緊張感が漂っていますね。殺気を向けられたので、思わず俺も返してしまいましたよ」

「寧ろ、この状況で緊張感のない浮ついた雰囲気ではいけないでしょう。皆、侵入者が来ようものなら即座に魔法を発動できます」

それはそれでどうなんだ。

館内にはエトワの魔鍵以外にも多くの展示物がある。侵入者を捕えるために無暗矢鱈に魔法を放たれては、博物館がとんでもないことになるぞ。ガラスケースで覆われていない、一部の絵画は特に。招集したのは仮にも皇宮魔法士なので、その辺りの制御はできると思うが……一抹の不安は残る。

しかし、俺とは対照的に館長は全く心配していないらしく、話を進めた。

「それより……聞きましたよ。かなり大変な目に遭われたとか」

「おかげさまで。しかし、俺はクレル様をお護りすることができたことに満足していますし、彼女に敵対する不遜な阿呆の存在を確認できたのも、僥倖と言えます。不快な害虫を駆除することができましたし」

「ほぉ……大変な目に遭ったお陰と言いますか、やる気は十分なようですね」

「はい。殺る気は十分ですよ。当然」

実際に殺すのはまずいので、顔面に拳を突き立てる程度になるだろうけど。

「ロート。無駄話をしている暇はありませんよ？」

「申し訳ありません」

「まったく……警備の状況は？　今のところ大きな問題が起きていないことはわかっていますが、各展示室の配置などは？」

クレル様が館長に問い、俺は思わず『おぉ』と感心した。

頭を使うことは基本的に俺の分野だったのだが、クレル様もとうとう頭を使われるようになられたのですね……クレル様が振り返り、俺にジトッとした視線を向けた。

「何か失礼なことを考えていませんか？」

「そんなことはありません。愛していますよ、クレル様」

「……そうやって誤魔化そうと――」

「していませんので、ご安心を。それで、館長？」

促すと、館長は頷いた。

「各フロアはこれまで通り、三人の警備員が見張っております。勿論、全員が一定以上の実力を持った魔法士です」

「フロア以外……通路や外部と繋がる部分はどうなっているのでしょう？　流石に、全ての通路をロートに護らせることはできませんよ」

「勿論、全ての場所に職員を配置しています。万が一誰かが入ってくれば、即座に警鐘が館内全域に鳴り響くベルを持たせています。そして、肝心の『魔鍵の間』には、十名の皇宮魔法士と三名の常駐警備員、それにエルネ君が」

　それを聞き、クレル様が目を丸くする。

「エルネさんが警備についているんですか？」

「まぁ、彼女も魔法士のようですから、妥当ですね」

　当然ながら、予告されているエトワの魔鍵が置いてある部屋の護りは最も厳重。その他の箇所も抜け目がないように人員を配置しているわけではあるが……如何なる場合も、相手はこちらの想像を超えてくることを想定することが重要だ。どれだけ護りを強固にしたところで、弱点は絶対になくならない。そこは突かれないようにしなくては。

「警備が厳重であるならば結構。あとは予告状を送ってきたクソ野郎がどれだけの実力を持ち、狡猾な思考をしているのかですが……これは俺たちが考えたところで意味がありませんね。魔法士たちが正面から打ち負かされないことを祈るしかありません」

「これだけの人数を一人で倒せるとは思えませんが……」

「敵は一人とは限りませんよ、館長さん。大勢を引き連れて襲撃に来る可能性も考えられます。それに、一人で大勢を一度に相手取って勝つことができる魔法士もいるのですよ」

「俺とクレル様のように、ね」

「……そうですね」

まぁ、館長にはこう言ったが、流石に俺やクレル様ほどの魔法士が来る可能性は低いだろう。それほどの実力を持つ者ならば、エトワの魔鍵を態々強奪するような理由がないからな……そろそろ、良い時間だろう。

「では、俺たちはこれで」

「ん？　どちらへ？」

クレル様の車椅子を押して館長室を後にしようとすると、背後から館長に問われる。時間までここにいると思っていたのかもしれないが、そこまで呑気にしていられない。

クレル様に手を出された以上、俺も積極的に事件に関わると決めたのだから。

「決まっていますよ――ハイパーイチャイチャタイム、です」

「嘘を言わないでください！」

館長の返事を聞くことなく、俺は館長室の扉を閉めた。

「少し、冷えますね」

館長室を後にした俺たちは博物館の屋上へ移動し、俺は冷えた夜風に晒された椅子に腰かけていた。この屋上は普段来館者に開放されている場所であり、近くには有名な彫刻家作のブロンズ像が展示されている。ここからは明かりの灯った街が一望でき、通常であれば多くの恋人たちなどが夜景を見に訪れたり、調子に乗って愛の告白をして振られたりしている。だが、今日は丸一日閉館となっており、今この瞬間、屋上にいるのは俺とクレル様の二人だけ。ただでさえ美しいクレル様の背後には綺麗な夜景が広がっており……俺は今すぐにでも好きだと叫びたい衝動に駆られていた。

するとジッと見ていたことに気が付いたようで、クレル様は小首を傾げた。

「どうかしましたか？」

「あぁ、いえ。必ず幸せにします」

「何の脈絡もなく愛の告白をしないでください」

「失礼しました」

頭を下げ、俺は我慢できずにしてしまった告白を詫びる。なるほど、調子に乗って告白をしてしまう男の気持ちが理解できた。だが俺は振られたわけではない。今までの告白の返答も全て適当に流されてしまっているだけだ。いつか、ちゃんとした答えが貰えるまで、俺は何度でもクレル様に愛の言葉を捧げ続けるだろう。だから振られたお前らとは違うのだよ。

ここで玉砕していった男たちへの優越感を抱きながら、俺はクレル様に釈明する。

「ただ、クレル様。これは仕方のないことなのです」

「何が、ですか？」

「宝石商が太鼓判を押した世界最高の宝石よりも美しい貴女が、目を奪う夜景をバックに思考を巡らせ真剣な表情をしている。これで愛を囁くなというほうが、酷なことでございます。それに、ここは告白スポットとして有名な場所ですから。普段の味気ない告白よりも、喜んでもらえるかと思って」

「……」

クレル様は俺から目を離し、ぼそぼそと口に手を当てて呟いた。

「いつもの告白も……味気なくなんて……ないですよ。ちゃんと私の心に響いていますし」

「抱きたい」

「な、何を言っているんですかッ!!　というか、今のは普通聞こえていない振りをするべきです！　物語の主人公は大抵聞こえないじゃないですか！」

「クレル様。申し訳ございませんが、俺はそういう主人公をボロ雑巾のように絞って川底に沈めたい男です」

「確かに私もそういう人は好きではないですけど……って、今はそんなこと話している場合じゃないです！　ここに来た目的、まだ聞いていないんですよ！」

「そういえば、そうでしたか――守護盾鍵」

　魔鍵を召喚。

　クレル様に見惚れていた――常に見惚れている――ため、忘れていた。ここには、愛の告白をするために来たのではない。俺は最も大切と言える作業を行いに、この場所にやってきたのだ。

「境界線感知」

　眼前に魔法陣を形成して魔法を発動。途端、俺を起点として博物館全域に透明なマナの膜が広がり、敷地内全域を覆いつくした。

　僅かなマナの流れに気が付いたクレル様が、俺に問うた。

「何をしたんですか？」

「侵入する鼠を捕らえるための魔法を使いました。名は、境界線感知。極薄のマナの膜で博物館全域を覆い、外部から侵入してきた者がこの膜を揺らすと俺が感知するようになっています。事実上、これで外部からの侵入は不可能になりましたね」

膜に触れた者は俺が追跡することが可能なので、逃げることは絶対にできない。それに、膜の存在を事前に知ることも不可能だ。魔法を発動しても見張りの魔法士たちは一切気が付いた様子はなく、先程と同様警戒心を維持したまま警備に当たっている。優秀なのかどうか、わからないな。俺の魔法の練度が高すぎる、というのもあるが。

「境界線感知の膜は一流の魔法士であっても認識することができない、完璧なトラップです」

「流石は守護のエキスパート。この防御網を潜り抜けてエトワの魔鍵を強奪することは、不可能に近いですね」

「……護りのエキスパートの名が泣きますね。あんな古典的な毒を見抜けなかったとは」

あれ、結構本気で落ち込んだんだよな。久しぶりに敗北感というか、自責の念に囚われた。樹血液の毒が全身を嬲ってくれたのが丁度いい罰になったとすら思っているくらいだ。

俺が自嘲気味に笑うと、クレル様が慌てた様子でフォローの言葉を寄越してくれた。

「し、仕方ないですよ！　誰だって完璧なわけではないんですし、お知り合いの店なら少し気が緩んでもおかしくないです！」

「ありがとうございます、クレル様。しかし、今はその優しさが傷口に塗り込む塩となっています」

「う……じゃ、じゃあ……」

「?」

少しの間、もじもじと両手の指を絡めて身体を揺すっていたクレル様は、やがて意を決したように車椅子から立ち上がり、ゆっくりとした足取りで俺の隣の椅子に腰を下ろした。そして椅子を近づけ、俺の肩に頭を乗せた。

「これなら、元気出ますか?」

「今なら第七天鍵の魔法士を全員相手にしても圧勝できそうな気がします」

「大袈裟ですね」

愛する人が自分の肩に、こてん、と頭を乗せている状況で元気が出ないはずがないでしょうッ!! クレル様の体温やさり気なく絡められた指の感触が直に伝わり、俺のコンディションは最高点に到達。何でもできるかもしれないという全能感が、全身を駆け巡った。

素晴らしい。これは是非とも毎日継続して行い続けたほうがいい。今度魔法学会に論文でも提出してみるか。タイトルは『クレル第三皇女殿下のドッキドキでキューティクルなパーフェクトヒーリング効果について』。完璧だ。全世界の研究者は俺の論文に目を通してクレル様の素晴らしさにひれ伏すべきだと思う。

本気でそんなことを考えながら、俺は自分の上着を脱いでクレル様の肩にかけた。

「ロート？」

「寒い、と仰っていたでしょう？　俺は少し暑いくらいなので、使ってください」

「暑い、ですか？」

「はい。気持ちが昂ると……体温が上がってしまうんです。特に、戦いの前などは」

　今の気温はクレル様が寒いと感じるくらいには、低い。大地に熱を注ぐ炎の星は姿を隠し、冷たい風が吹きつけるのだから、この状態で暑いと感じる人間は多くないだろう。だが……戦いの前の高揚感というべきか、感情の昂りによって俺の心臓は心拍数を上げ、過剰に体内で熱を生み出している。

　早く姿を見せろ。俺の前に現れ、一戦交えろ。我が主の命を狙ったことだけでなく、生まれてきたことすら後悔するほどの地獄を見せてやる。

　抑制した感情が心の箱の中で、そんな言葉を怒りと共に叫ぶのがわかる。もう一人の自分と形容するべきそれが表に出てしまわないよう、俺は深呼吸をして気持ちを落ち着かせた。

　……まぁ、どれだけ隠したつもりでいても、我が主には看破されているようだが。

　俺が彼女のことを一番近くで見ているように、彼女もまた、俺のことを一番近くで見ているのだ。

「相当、怒っているんですね」

「当たり前でしょう。我を忘れるほどではないとはいえ、怒りと殺意は俺の心から消えていません。感情を持つ者は必然として、一度抱いた感情を容易には消すことができない。消したつもりになっているだけで、心の中で火種は燻っている。俺の中にあるものは、火種どころではないですがね」

「でも、ロート。私は――」

「誰も殺してほしくない、でしょう？」

心優しい我が主は、俺が誰かを手にかけることを嫌う。それが例え、自分を殺めようとした敵であったとしても。その優しさは彼女の美徳であると共に、重大な弱さでもある。その弱さに付け込まれ、危険な目に遭うことは容易に想像できる。情けは時に自分自身に牙を剥くことを、俺はよく知っているから。

「クレル様の慈悲深さは美しいものであり、万人が持ち合わせているものではありません。ですが……それは甘さでもある」

「……」

クレル様はぐっとスカートの裾を握った。

魔法士というのは、ただ魔法が使えればいいというわけではない。時には残酷で冷徹で非情な決断をすることができる覚悟を持ち合わせ、如何なる悲劇にも耐えうる強靭な心を持っていなければならない。そういった点を考慮して考えるなら、クレル様は未熟、二流といってもいいだろう。必要だとわかっていたとしても、冷酷な決断をすることができない、心の弱い魔法士だ。

「それ、でも――」

「ただ」

俺はクレル様の言葉を遮り、自分の胸に手を当てた。

「主の要望を受け入れ、不足している部分をフォローするのが、俺の役目でもあります。お忘れかもしれませんが、俺は超絶有能な執事なのです。クレル様の我儘を叶え、足りないものを埋めることが、俺にはできます」

俺はクレル様の弱さも全て受け入れる覚悟で、彼女に仕えているのだ。多少の要望くらい、幾らでも叶えて見せる。俺は超がつくほど優秀だからな。

しばらく俺の顔を見つめていたクレル様は、やがて口元に手を当てて笑った。

「超がつくほどの毒舌で自信過剰で悪戯好き、というのも加わりますけどね」

「それと、超がつくほど貴女を愛しています。大丈夫、この超優秀執事が傍にいる限り……クレル様は無敵の最強魔法士です」

「まぁ、頼もしい。それで……そんな私の執事さんは、今回の犯人を捕まえたら、どうするのですか？」

「そうですね……」

ぶっ殺す！　と言いたいところではあったが、それはクレル様が望まないことなので却下。となれば、必然的に生き地獄を味わわせることになる。

「鼻に粉末の唐辛子を詰める、くらいにしておきましょうか。勿論、大量に」

「それはそれで苦しそうですね……」

「大罪人ですから、これくらいは当然かと。どのみち、俺が手を下さなくとも断頭台行きになることは確実だと思われますし」

皇族の暗殺未遂は死刑確定の大罪だ。俺が手を下すまでもなく、捕えられた者は裁判の後に断頭台の露になることだろう。

と、そこで俺は腕時計に視線を移した。

「予告時刻まで、残り一時間を切りましたが……境界線感知には一切の反応なしですね」

「まだ時間はありますから、ギリギリになって来るのでは？」

「いえ、それでは遅すぎます」

ピンと来ていない様子のクレル様に、俺はわかりやすい説明をする。

「ただ行って帰るだけではないのです。大勢いる魔法士の監視を潜り抜け、目的の場所に到達し、予告通り九時にエトワの魔鍵を奪うというのであれば、最低でも一時間前には博物館への侵入を完了させ『魔鍵の間』へ向かっていなければならないのです」

「では、エトワの魔鍵を狙うというのは、嘘？」

「そうではないでしょう。既に事前に攻撃を仕掛けられているわけですから、相手は本気で魔鍵を取るつもりです。これは俺の推測なのですが――」

俺は自分が立てた推理をクレル様に聞かせた。

恐らく、この推理は的中していると思う。様々な状況や証拠から考え出した、現時点で最も有力な推理だ。

この答え合わせは……一時間後に『魔鍵の間』ですることができるだろう。

話し終えた後、クレル様は『正気ですか？』とでも言うかのような瞳で俺を見た。

「……冗談、ではなさそうですね」

「勿論ですよ」

即答する。こんな時に冗談は言わない。

クレル様は腕を組み、思案。

「うーん……確かに、誰も考えてはいなかったと思いますし、ロートの境界線感知に反応がないのも頷けます。けど……」

「今は半信半疑でいいです。もうじき、答え合わせはできますから」

俺がそう言った――その時。

博物館の照明が全て消え、同時に鼓膜を激しく震わせるベルの音が鳴り響いた。

「――ッ、来たか」

「急ぎ――きゃ！」

クレル様を抱きかかえ、車椅子を魔法で浮かせ、俺は螺旋階段を素早く駆け降りる。

幸いなことに『魔鍵の間』は屋上からそう遠くない場所にあるため、急げば一分程度で到着できる。頭の中に入っている館内の地図を思い浮かべながら、道のりを急ぐ。

館内は暗闇に包まれているが、視界に頼らずとも音や空気の流れで場所も障害物も把握できる。執事ならばできて当然の芸当だ。

出せる最高速度を維持したまま走ること、一分弱。

目的地に到着したタイミングで照明は復活し、開け放たれた『魔鍵の間』の前には、警備に当たっていた多くの警備員の姿が見受けられた。明らかに『魔鍵の間』の警備をしていた人数よりも多いのは、警鐘を聞きつけて他のフロアを警備していた者たちも集まっているからだろう。現場に急行するのはいいが、担当のフロアががら空きになっているのではないか心配だ。

「失礼」

俺が一言告げると、それだけで魔法士たちは左右に割れて道を作った。クレル様の存在も大きいだろうが、今は俺が宙に浮かせている守護盾鍵(プロキオン)を見たことも要因の一つに挙げられるだろう。第六天鍵(ゼブル)の魔鍵は、見るだけで下位の魔法士を畏怖(いふ)させる。

開かれた道を悠々(ゆうゆう)と歩き進み、俺たちは現場にいた顔見知りの女性の下で足を止めた。

「エルネさん、今の警鐘は？」

片手に小さな魔鍵を持っていたエルネに問うと、彼女は首を傾(かし)げながら言った。

「誤作動、なんですかね……？」

「誤作動ですか？」

「妙(みょう)ですね。俺は館長から、全ての防犯装置は点検済みと伺(うかが)っているのですが……確かに、エトワの魔鍵に変化はないですね」

部屋の中央にあるガラスケースの中に収められている魔鍵の見た目には、特に変わった様子は見受けられない。その場にいた魔法士が念のため、他の魔鍵も確認するが、変化は特に見られなかったらしく、問題はないと合図を送った。

では、どうして警鐘は鳴り響き、館内全ての明かりは一時的に消えてしまったのか。

ガラスケース内のエトワの魔鍵を見つめていると、慌ただしい足音を鳴らして『魔鍵の間』に入室してきた人物が一人。

「エトワの魔鍵はッ⁉」

「あ！　もう、遅いですよ館長！」

エルネが館長に手を振ると、彼は小走りでこちらに向かって走って来た。その途中、ガラスケースの中にエトワの魔鍵が変わらぬ姿で安置されていることを確認すると、彼はホッと安堵の息を零す。

俺は膝に手を置いて荒く呼吸をする館長に、神妙な声音で問うた。

「館長。何故、警鐘装置が作動してしまったのですか？　事前に点検は完璧に済ませた、と伺っていますが」

「勿論、完璧に行いました。誤作動が起きることがないよう、直近で三回も点検を繰り返したほどです。誤作動をするような要素など、検出されませんでしたよ」

「と、なると……誰かが警鐘を鳴らすようなことをしてしまったのでしょうか？」

クレル様が首を傾げながら言う。

確かに、その可能性は十分に考えられるだろう。誤ってガラスケースに触れてしまった、魔鍵を落として大きな音を立ててしまった、等の要因は考えられる。しかし、警備を任せられた魔法士は皆、どうすれば警鐘が鳴り響くのかを聞いているはずであり、そのようなミスをするのか疑問が残る。この線はなしだろう。

「もしくは——」

俺が守護盾鍵を手に取って口を開いた時——扉付近から、大きな声と足音が聞こえてきた。

「大人しくしろッ!!」

「んんんんん——ッ!!」

全員の意識が集中する先——『魔鍵の間』の扉の先では、黒い服を着た若い男が警備員の魔法士に取り押さえられていた。男は逃げ出そうと必死に抵抗を試みているが、手練れの魔法士相手には為す術もなく、完全に無力化されている状態だった。

誰がどう見ても、侵入してきた犯人捕縛の瞬間。

警備員全員の気が微かに緩む中、館長は男と魔法士の下へと歩み寄っていく。

「この男は？」

「通気口から這い出てくるところを取り押さえました。恐らくは、エトワの魔鍵を狙っていた者と思われます」

　魔法士が言うと、館長は顎に手を当てる。

「ふむ。捕縛する際、他の展示物が入ったガラスケースに触れたりは？」

「極力触れないようにはしていましたが、恐らくはあったと」

「と、なれば……警鐘が鳴り響いたのはそれが原因か」

　館長が床に這いつくばった男から視線を外し、指示を飛ばす。

「この男は拘束したまま、鍵付きの職員用室に連れて行ってくれ。勿論、監視付きでね。エルネ君、騎士団への連絡は任せるよ」

「は、はい！」

「まだ予告時刻には早い時間であるが……念のため、他の者には予告時刻の一時間後までは各フロアの警備に当たってほしい。強奪犯が一人とは限らない上、彼が囮という可能性は否定できない」

『了解』

　各々が持ち場に戻るために『魔鍵の間』から退室していく。彼らの表情には、無事に犯人を捕らえることができてよかった、という安堵が見て取れた。散々警戒していた相手がこうもあっさりと見つかったのだから、思わず気が抜けてしまうのは理解できる。

嗚呼、これで終わりならどれだけ楽なことだろう。

そう思うが……現実は、引っ張れば解ける糸のように単純なものではないのだ。

「止まれ」

俺は低い声音で呟き、壁に隠されていた赤いスイッチを押した。

耳に痛みが走るほどの警鐘が鳴り響いた直後、エトワの魔鍵が入ったガラスケースを中心に、三メートルはあろうかという巨大な柵が出現。『魔鍵の間』から退室した魔法士が焦った様子で戻り、なんだなんだ、と騒めきながら室内に出現した柵を注視している。

全員動くな、と忠告を飛ばし、俺とクレル様は柵の中に閉じ込められた人物の下へと近づいた。

「さて、答え合わせと行きましょう——エルネさん」

「台詞を横取りしないでいただけますか、クレル様。この後に続く質問とか推理とか、貴女できないでしょう？」

「少しくらい格好つけさせてくれてもいいじゃないですか！」

「格好つけなくても可愛いですから」

見栄っ張りなお嬢様の頭を優しく撫で着けた後、俺は真っ直ぐに柵の内側にいるエルネを殺気交じりに睨みつけた。

俺と視線を交錯させたエルネは一瞬怯んだ反応を見せたが、すぐに笑みを浮かべて気を取り直した。

「えっと……ロートさん？　これは一体どういうことなんでしょうか？」

「そうですね。突然こんなことをされて困惑するのは無理もないことでしょう。内心では、心拍数を上げていると思いますが。肌の表面に微かな発汗が見られますよ？　今は発汗するような気温ではないはずですが？」

俺が額を指さすと、エルネは焦った様子で湿った額を拭った。

さて、俺の推理が正しかったのか、答え合わせをしてもらうとしよう。状況が状況だが、謎を解明している最中は中々楽しかったので、早く答えが知りたいのだ。

「な、何をしているのですか！　お気は確かですか、ロート様！」

大切で、信頼している部下が突然柵の中に閉じ込められたことに怒りを滲ませて詰め寄る館長に、俺は守護盾鍵を突き付けて止まらせる。

うるせぇ、今から理由を喋ってもらうんだから黙っていろ、と。

動きを止めて口を噤んだ館長には一瞥もくれず、俺はエルネを見据えて口を開いた。

「順を追って説明しましょうか。最初に来館した日、そこの館長からエトワの魔鍵についての話を聞いた俺は、予告状を送った者は博物館の職員であるという予想を立てました。

エトワの魔鍵が持つと言われる『乱調』という能力は、関係者しか知り得ない情報らしいですから、それを狙っていると仮定した時、必然的にそうなります」

「……だとしても、それだけで私が疑われる理由にはならないと思いますけど」

「それも説明してやるから黙って聞いてろ」

柵を殴りつけて強引に黙らせる。

もう言葉遣いを丁寧にする必要はないな。演技と割り切っているとはいえ、クズ野郎に丁寧な態度を取り続けるのは心底気持ち悪く、気分が悪かったから。

「次は二回目にここを訪れた時だ。館長室で会った時、お前は指先に包帯を巻いていたな？ナフト二世の肖像石画の修復作業中に指先を切ってしまったと言って」

「それが、何かおかしなこと？ やったことのない人にはわからないでしょうけど、修復作業は怪我をすることが多いんです」

「怪我そのものを否定するわけではない。だが――」

その時の光景を思い起こしながら、俺はエルネの指先に視線を向けた。

「包帯と肌の境目は赤く腫れていた。指先を切っただけなら、第二関節付近まで腫れることはない。切った直後ならば、尚更な」

「……」

「その後、俺たちは博物館からの帰りに予約していたレストランに入り、クレル様は樹血液の盛られた料理を口にした。毒を盛ったのはウェイターの男だったが、果たしてこの毒は何処から入手したものなのかを考えた。ウェイターに毒を盛るように依頼した者は樹血液を入手することができる人物。そこで、俺はお前の赤く腫れた指を思い出した」

「……樹血液を盛られたのは、レストランと言っていましたけど」

視線を鋭くし、俺を睨みつけながら、あくまでも強気の態度でエルネが俺に問い返す。

「仮に私が犯人だとして、どうやってお二人が来店するレストランを特定したと？　私はお二人から話を聞いたわけでもありませんし、予告状が届いた日から今日まで、家と博物館を往復する生活を送っていたんですよ？　休日も家から出ていないのに――」

「鳩だ」

エルネの言葉を遮って言うと、彼女は目を見開いて復唱した。

「鳩？」

「あぁ」

頷き、説明。

「初めて博物館を訪れた翌日、俺とクレル様はミフラスから少し離れた場所にある屋敷の周囲を散歩していたのだが……その時、不自然な鳩に遭遇した。やけに人に慣れていた、足に指輪を装着された鳩に」

森で遭遇した鳩のことを、脳裏に思い浮かべる。

あの時は特に疑問に思うこともなく、ただ嫉妬したクレル様可愛い、結婚したい、などと考えていたが……あとになって考えてみると、色々と妙な点に気が付いたのだ。不審に思わざるを得ない、奇妙な点に。

「将来の伴侶に指輪が届くという乙女チックな儀式に用いられる鳩は、人慣れしていない野生の鳩を使うものだ。だが、あの鳩は明らかに人に慣れており、警戒心が弱いからか、危険で人の少ない森にやってきた」

自然の中で生きる野生の鳩は、天敵が多く住む森を避ける習性があるため、安全な人の街を飛び交うことが多い。人が少ない森に行く可能性がある飼い鳩を使うと、伴侶に届くどころか鳩が食い殺されてしまうため、儀式には野生の鳩を用いるらしい。

法によって禁止されている儀式を強行しようとする者が、この知識を持っていないとは考えづらい。

「加えて、俺たちが鳩の存在に気が付くほどに接近していたのは――俺がクレル様に、レストランのことを話していた時。来店する日時も、場所も、はっきりと口にしていたんだ」

偶然にしては出来過ぎている、と言っていいだろう。しかも、あの鳩は必要な情報を聞き終え、クレル様と少し戯れた直後に飛び立っていった。

　これらのことからして――あの鳩は使い魔のような存在であり、術者が求める情報を集めるため、俺たちの下を訪れた、と考えることができる。

　話を続けるに比例して、エルネの発汗量は多くなっていく。緊張からか、指先が微かに震えているのがわかった。注意深く耳を澄ませば、息が荒くなっていることにも気が付ける。

　だが、容赦はしない。

　俺は湧き上がる高揚感を胸の内に隠しながら、続ける。

「樹血液は皮膚接触からも毒が体内に回る猛毒だ。だが、毒の特性上、七十度以上の熱に二分間晒されると毒素が分解される。仮に肌に触れてしまったとしても、すぐに七十度以上の熱湯に患部を二分以上浸せば、毒素は身体に回る前に分解される。皮膚接触は毒素が回るまで時間がかかるからな。当たり前だが、毒を分解する代わりに患部は火傷する。ナフト二世を暗殺した猛毒の詳細を、お前が知らないはずがない。お前は誤って樹血液に指先で触れてしまい、毒素を分解するために熱湯に指を浸して火傷を負った……と、俺は推測しているのだが？」

　どうだ？　と両腕を組んでエルネの言葉を待つ。

八方に走る視線と長い沈黙は、俺の推測が正解である何よりの証拠だ。今、彼女は脳内でどうすればこの場を切り抜けられるかを必死に考えていることだろう。追い詰められた獣は想像以上の力を発揮する。俺とクレル様がいるとはいえ、油断することはできない。

果たして、どんな行動に出るのか。

様々な予想を立てていると、エルネが口を開いた。

「……確かに、私は樹血液に触れてしまったので、熱湯に指をつけて応急処置をしました。ですが、それは館長に余計な心配をさせたくなかったからで――」

「俺がこのタイミングで柵を出した意味を理解しろ。さっさと本物のエトワの魔鍵を出せ」

「――ッ⁉」

今度こそエルネ……だけではなく、その場の全員が絶句し、ガラスケースの中に入っている魔鍵を見やった。

「ど、どういうことですかな、ロート様！　エトワの魔鍵は、確かにあそこに――」

「一般人や未熟な魔法士には、あたかも本物のように見えることでしょう。ですが、俺やクレル様にそんな子供騙しは通用しません。ですよね？　クレル様？」

「………勿論です！」

絶対わかってなかったな。

俺の主である自覚を持ってください、という意味を込めてクレル様の頰を両手で挟んだ時、エルネが全く余裕のない表情で俺に問うた。

「……どうして、あのエトワの魔鍵が偽物であると？」

「魔鍵が放出するマナの濃度、内包している量、目を逸らすことを躊躇われる異質な魅力があれには皆無だ。本物に似せる努力は感じられるが、完璧な贋作を作ることはできない。あの上手い贋作は……第五天鍵ってところか。お前が高位の魔鍵を持っていることには驚いたが、俺の守護盾鍵は第六天鍵。エトワの魔鍵と同格だ。超一流の魔法士を舐めんなよ、三流以下の雑魚野郎」

「口が悪いですよ、ロート」

「おっと、大変失礼いたしました」

「本当にもう……で、エルネさん？　どうなさいますか？　まだ否定するというのであれば……」

クレル様はエルネに微笑を向け、簡単なことを行うかのように提案した。

「ガラスケースの中にある魔鍵を、私が破壊して見せましょうか？」

「――ッ」

「大丈夫。私なら簡単に砕くことが……できますよね？　ロート」

「落下した生卵のように砕くことができるでしょう」

事実である。

クレル様の手にかかれば、破壊するのに一秒とかからないだろう。恐ろしいことに、ほんわかポンコツ超絶可愛く美しいこのお嬢様は、全魔法士が恐れるほどの力を有しているのだ。

クレル様の軽い言葉を聞いたエルネは顔を真っ青にし、数歩後ろに下がった。

契約した魔鍵が破壊されれば、魔法士も死ぬ。

遠回しに殺そうか？　とクレル様に言われているわけである。そんなことを笑顔で言われれば、恐怖に身を震わせる気持ちも理解はできる。俺が口にした脅しの言葉よりも、クレル様の一言に恐れを抱いているようだ。

「さぁ、どうする？」

俺が挑発の問いを投げかけると、エルネは両手の爪が掌に食い込み血が出るほど強く拳を固め、奥歯を食いしばって全身を震わせた――その直後、叫んだ。

「なんでよ……あと少しで、完成するところだったのに――ッ!!!!」

悲鳴のような絶叫を上げたエルネは血が滲む右手をガラスケースへと向ける。途端、鎮座していた魔鍵が形状を変化させ、エルネの右手へと転移した。

鳥の翼を模した形状をしている魔鍵。

エトワの魔鍵に擬態している時には感じられた、濃いマナは一切感じられない。

その代わりに……魔法を発動する前兆である、マナの流れを感じた。

「なんで『王』が出てくるのよッ!!　人外の化け物はすっこんでなさいよッ！」

エルネは血相を変えて魔鍵を前に突き出し、二十を超える陣を一斉に展開。このマナと性能……第六天鍵には及ばないものの、かなり強力。第五天鍵と見て間違いないだろうな。

「クレル様」

「はい。全員、手を出さないようにッ！」

クレル様が透き通る声で指示を飛ばすと、迎撃魔法を発動しようとしていた魔法士全員が魔法をキャンセルする。代わりに、困惑と動揺の声が上がった。

その声を聞き流し、俺はクレル様の前に立った――瞬間。

「――全波風斬ッ!!」

エルネが叫び、展開された陣から無数の風の刃が射出された。直撃すれば身体が二つに切断される斬撃への対処を禁じられた魔法士たちが、何故だ、という問いを叫ぶ。

あぁ、鬱陶しい。

動揺も困惑も疑念も、全て不要だ。お前たちはクレル様の言うことを黙って聞いていればいい。

――俺がいる時点で、この程度の攻撃は無駄なのだから。

「結晶透壁」

唱えた瞬間――室内に水晶の壁が出現し、エルネと魔法士の間を遮るように聳え立った。光を内で無数に乱反射させて燦々と輝く水晶の壁はエルネが放った斬撃を弾き、マナの粒子へと強制的に戻す。人体を容易に切断できる威力を持っていようと、この壁の前では意味をなさない。その証拠に、斬撃が直撃した箇所には傷一つついておらず、変わらぬ輝きを放ち続けている。

無敵の防壁。

この壁を破壊できたものは、これまでクレル様ただ一人だ。

「クレル様、お怪我はございませんか？」

「貴方が防御魔法を使って、私が怪我をしたことが一度でもありますか？」

「っ！　大変失礼致しました。俺は自分を過小評価していたようですね。クレル様程度をお護りすることくらい、造作もないことでした」

「いや自己評価は高すぎる気が……ん？　今私のこと程度って言いましたッ⁉」

その叫びを無視し、俺は呆然と水晶の壁に触れている魔法士たちに視線を向けた。

「これを、一瞬で……」「第六天鍵には、これほどの力があるのか」「化け物だ」「いちゃいちゃしすぎだろあの二人……」

力の差や幸福度の差を実感している者たちばかりだった。彼らも皇国に仕えるに足ると実力を認められた魔法士たちではあるが……比べるのも仕方ない。彼らの傍にはクレル様ほどの癒しと幸福を与えてくださる美しい女性はいないだろうからな。妬むだけ無駄だが。

俺は水晶の壁を一瞬で消滅させ、その場に膝を折って蹲っているエルネを見下ろした。

実力の違いを見せつけられ、心が折れたのかもしれない。

大人しく投降しろ、と言いかけた時、館長が柵を掴んでエルネに訴えかけた。

「エルネ君……本当に、君だったのか」

呼びかけにエルネは答えない。しかし、館長は構わず続けた。

「私は……君に大きな信頼を置いていたんだよ。私に……私たちに見せていた顔は、全て偽物だったのかい？」

「……」

「答えてくれ、エルネ君。何も聞かないまま君が騎士団に連れていかれるなんて、私には我慢がならないんだ」

いい加減にしろ。と、俺は館長に言いたい気持ちをぐっと堪えていた。

はっきり言って、何を言っても無駄なのだ。彼女はエトワの魔鍵を盗もうとした罪だけでなく、クレル様を暗殺しようとした罪まで背負っている。ここで何を話したところで、罪が変わるわけではない。

冷たいが、館長が今行っている呼びかけは、捕縛の邪魔だ。

返答のない呼びかけを数度繰り返した後、俺は痺れを切らして館長に離れるよう注意しようと彼の落ちた肩に手を伸ばし——室内に響いた高笑いに、動きを止めた。

「あっははははははははははははは——ッ!!!!」

「——ッ!」

重苦しい空気を破る笑い声にその場の全員が呆気に取られる中、俺はエルネの手元付近から禍々しい気配を感じ、懐から一本のナイフを取り出す。瞬時に構え、気配の発生源に向かって投擲。しかし、エルネの左腕に遮られ、目標に到達することはなかった。

前腕にナイフを突き立てられたエルネは一瞬苦悶の表情を浮かべたが、すぐに笑みを作った。

「なにそれ……フフ、『王』の騎士は化け物ですって? わかっていたけど、本当に理不尽の塊だよね、あんたらって。存在するだけで、努力じゃ絶対に勝てない、到達できないって現実を突きつける悪魔みたい」

「当たり前だ。俺とクレル様に勝とうと思うこと自体が烏滸がましいことだからな」

「本当、もっと他の奴らのこと考えなよ……あぁ、あんたらが捕まえた男は、私が催眠をかけて侵入させた無関係な一般人だから、解放してあげてね。あと、館長？　悪いけど、ここで過ごしている期間中に見せていた顔は全部仮面だよ？　嘘って粘土で作られた、薄っぺらの虚像。正直今更話すこともないし、特に言う言葉も見つからない」

「エルネ君……」

「ですが――」

ニヤ、と口元を歪めたまま、エルネは右手を懐に入れ――黒く光る、魔法陣が描かれた黒球を取り出した。

禍々しい雰囲気を醸し出すそれが、一体何なのか。また、描かれている魔法陣にはどんな力が秘められているのか。

そんな疑問を含んだ視線が注がれる中、エルネはナイフが刺さり血で赤く濡れた左手で、本物のエトワの魔鍵を握り――勢いよく黒球に突き刺した。

「時間稼ぎしてくれたことには、感謝しておきます――生命乱調」

エルネがそう言った瞬間、エトワの魔鍵が突き刺さった球体が黒い霧で覆われ、耳を劈く不協和音を奏で始めた。

その場の全員が耳に手を当て膝を折る中、俺は万が一にもクレル様に大事がないよう、魔鍵を片手に彼女の傍に立つ。

なんだ、この嫌な音は。少なくとも、俺が今までの人生で聞いたことのない類の……未知の音と感覚だ。

耳に纏わりつき、全身の肌が粟立ち、形容し難い不快感を覚える……とにかく、異常で不快な音。

いつまでも鳴り続ける不快な音に俺は顔を顰め、少しでも楽になろうと両手を耳に向け、

――ぞわり。

全身を名状しがたい悪寒が駆け巡った。

なんだ、この感じ。

まるで、自分自身に対して違和感を覚えるような……身体が、脳が、自分ではない何者かに乗っ取られてしまうような――。

「――ッ、音界遮絶」

身体が危険信号を発した直後、俺は咄嗟に外界からの害意ある音を遮断する魔法――

音界遮絶（メロディレン）を発動した。すぐに全身を薄い膜（まく）で覆われるような感覚が生まれ、先ほどまで耳や脳に響いていた不協和音は聞こえなくなる。当然、異常な不快感も消え去った。

これは、聞いてはならない音だ。

一体どんな効力があるのかはわからないが、十中八九、エルネが持つ黒球に描かれた魔法陣の力だろう――と。

「うーーあぁぁッ!!」

「え？」

突然（とつぜん）響（ひび）いた苦悶（くもん）の声。続いて聞こえたクレル様の驚愕（きょうがく）の吐息（といき）に、俺は我に返って顔を上げ――目を見開いた。

「何が起きたんだ？」

呆然と呟（つぶや）き、俺は視線の先にいるエルネを――黒く変色し、亀裂（きれつ）が入った彼女の左腕を注視した。

この数秒で、エルネに一体何があったのだろうか？　俺の投擲したナイフによって負傷はしていたが……前腕が黒く変色し、葉脈状の亀裂が入っていたわけではない。そもそも魔法を使用していない攻撃だったので、ナイフが直撃したからと言って特別な変化を起こすはずがないのだ。

と、すれば。エルネの腕が変わり果てた原因は――。

「今の魔法の、代償か」

「は、はは……やっぱり、第六天鍵ともなると、疑似契約の代償は大きかったか」

目尻に涙を浮かべ、激痛に顔を顰めながらエルネは言う。その言葉に引っかかりを覚え、俺は眉を顰めてエルネに問うた。

「疑似契約、だと？」

「すごいでしょ？　私の魔鍵――千変奇鍵は、変化の魔鍵。姿形を別の物へと変化させるのは勿論のこと、自分のマナ回路を特定の魔鍵に適合するものに変化させることで、疑似的な契約を結んで魔鍵の力を引き出すことだってできる」

つまり、彼女の魔鍵は全ての魔鍵の力を使うことができる、ということになる。

それは、魔法士にとって破格と言ってもいい力だ。本来は自分と契約した魔鍵の力しか使えないにも拘わらず、エルネは魔鍵と契約をしながら、他の魔鍵の力も扱うことができる。

魔法戦を圧倒的に有利な状態で行うことができ、それほどの力を有しているのならば第五天鍵ではなく第六天鍵とするべきではないか、とすら思ってしまう。

「だが――」

呟き、俺は再度エルネの腕に視線を落とした。

「その代償が、それか」

大きな力には、相応の犠牲や代償がつきものだ。

恐らく、魔鍵と無理矢理契約を交わし、強引に力を引き出したことで、腕のマナ回路が壊死してしまったのだろう。完全に魔法が使えなくなるわけではないが、威力や内包マナの量は著しく低下するはずだ。魔法士としての生命に、致命的な亀裂が入ったと言っていい。

本来ならば悲観し、人によれば絶望で枕を濡らすほどのことなのだが……エルネは、そんなことは知ったことじゃない、とでも言うように鼻を鳴らした。

「どうせ、もう後先ないんだから、どうでもいいのよ。それより――」

エルネは黒球に先端を埋めたエトワの魔鍵に視線を落とし、はぁ、と溜め息を吐いて俺とクレル様を見た。

「あわよくば……って思ったけど、やっぱり『王』には通用しないみたいね。音が鳴っていた時も、全く効いている素振りはなかったし」

「……今の音は――」

なんだ？　と、エルネに問おうとした時。

「ロート、皆さんがッ！」

「！」

周囲を見回し、気がついた。

館長も、魔法士も……俺とクレル様以外の全員が、虚ろな瞳で床に倒れ伏していることに。微かに身体を動かしていることから、生きていることは確認できる。だが、彼らの様子はほとんど死体も同然だった。

この異常事態を引き起こしている原因が先ほどの不協和音であることは、瞬時に理解できた。それ以外に考えられる要素が存在しないから。

そして、今しがたエルネがペラペラと話した内容を脳内で整理すれば……自ずと、答えを導き出すことはできる。

「不協和音の正体は、エトワの魔鍵が持つ力――『乱調』」

「その通り」

エルネは魔鍵の刺さった黒球を掲げ、得意げに続ける。

「エトワの魔鍵が持つとされていた最強クラスの力……半信半疑だったけど、本当だったみたい。これで――私の計画は無事に達成される」

「計画、ですか」

俺とエルネのやりとりを静観していたクレル様は、普段は俺に聞かせることのない、冷酷な声音で投げかけた。

「どんな計画なのかは理解できませんが……多くの人を巻き込み、剰え危険な目に遭わせるような計画が、まともなものとは到底思えません。邪悪で卑劣で、ふざけた計画なのでしょう」

「ふざけた計画、ね」

クレル様が口にした言葉を復唱したエルネは、表面上は大仰に肩を竦めるに留める。しかし、俺は見逃さなかった。

彼女の瞳に、隠し切ることのできない、怒りが宿っていたことを。

今回、このような事件を起こした理由がその怒りの中にある気がする。その動機が一体どういうものなのか気になるところだが……それは、彼女を無力化し、拘束してからの話だ。

守護盾鍵の先端をエルネに向け、通告する。

「無駄だとは思うが、一応言っておく。全員にかけた魔法を解除し、武器を捨てて投降しろ」

「私がそれに従う、とでも？」

「微塵も思っていない。抵抗することくらい、想定の範囲内――」

ズキン。

「――ッ」

「ロート？」

何の脈絡もなく鋭い痛みを発した胸に手を当て、クレル様の呼びかけにも応じず、俺はその場に膝をついた。一拍遅れて、手には心臓が奏でる音が伝わる。しかし、そのリズムは通常時のように一定ではなく、バラバラ。まるで、心臓のリズムが荒れ狂う波のように乱れているような――。

「クレル＝カレアロンドには効かなかったけど、あんたにはしっかりと効いていたんだ」

「なるほど。お前が『乱調』で乱したのは――生命活動か」

立ち上がり、胸に手を当てたままの状態で言うと、エルネは満足そうに『正解』と言い、補足する。

「『乱調』の叫びを聞いた者は、正常な生命活動を『乱される』。この黒球で効力と効果範囲を増強しているとはいえ、流石に即死させることはできないけど……一時間もあれば、全員の命を終わらせることはできる」

「悪趣味な」

「好きなように言ってよ。もう、お別れだからさ」

エルネが微笑を浮かべたまま指を鳴らした――直後、柵と壁の一部が消滅し、一直線に外へと繋がる経路が出来上がった。

「計画って言うのは、ありとあらゆる可能性を想定して作るもの。正体が見抜かれた時の逃走経路は事前に用意しておくのも、当然だよね！」

「！　このままじゃ逃げられます！」

「お待ちを」

壁の穴に向かって走り出したエルネを追おうと立ち上がったクレル様を引き留め、俺は前方にマナを纏わせたコインを投げる。キン、と金属音を響かせた瞬間、床には魔法陣が展開され、そこから何十本にも渡る鋭利な槍が射出された。

「ひ――ッ」

「足止め用……いや、あわよくば殺そうと思っていたようですね」

クレル様は柵と壁が消滅したことに気を取られていたようだが、俺は同時に感じた微かなマナの動きを鋭敏に感じ取っていた。それに、仮に俺がエルネの立場だったのなら、追っ手を始末する算段を立ててるからな。生命活動を乱されているからと言って、俺の思考や行動まで乱すことができると思ったら大間違いだ。

「見えない罠まで見るとか……あぁ、もう。本当についてない」

消滅した壁の空洞に到達したエルネは文句を口にし、

「これ以上、私の復讐を邪魔しないでよッ!!!!」

背中から倒れるように落下した。

前方を塞いでいた槍を叩き折り、俺はクレル様を連れてエルネが落下した壁の穴へと走る。だが、下を覗き込んでも奴の姿は見えなかった。

逃げ足の速い奴だな。

俺がそんなことを胸中で呟きながら、エルネが逃走したルートを幾つか推測していると、不意にクレル様がポツリと呟いた。

「復讐と、言っていましたね」

「はい。確かに、聞こえました」

一体何に対する復讐なのかは定かではない。

だが、落下する寸前に見せたエルネの表情は……悲痛に歪んでいた。目の端から涙を零し、嗚咽を堪えるように歯を噛みしめていた。

今、俺たちがその理由を知ることはできない。何を考えても、それは根拠のない憶測にしかならない。ただわかるのは……人の命を手にかける暴挙を行う決断には、何か大きな理由があるということだけ。最後に見た彼女の表情から、快楽殺人でないことは理解できる。

一体何が、彼女にここまでさせたのか。

その答えは、エルネを追いかけ捕縛することで得ることができるのだが……残念ながら、彼女を追うのは少し後になりそうだ。

「クレル様。どうやら……これは皇都の、皇国の未来を左右する事態のようです」

隣に立つ主に言いながら、俺は前方を指さす。

月と星が瞬く皇都の空には——巨大な球体が怪しい輝きを放ち、鎮座していた。

夜を凝縮したような色を持つそれは尋常ではない量のマナを内包しており、皇都の上空に留まったまま動く気配は一切見せない。その場に留まり、怪しい光を放ち続けているだけ。

ジッと球体を見つめていたクレル様は、十数秒の間を空け、俺に問う。

「あれがどんな力を持っているのかは？」

「わかりません。しかし、放置してよいものでないことは間違いないかと……如何なさいますか？」

「決まっています」

即答したクレル様に、俺は微笑を浮かべる。

ええ、わかっていますとも。貴女がどのような行動を取られるのか。虐げられながらも皇国を愛し続けた貴女は、そうするに決まっている。

「準備をしなさい。あれを壊すためには、貴方の力が必要です」

滅多にない命令に、俺は内心で歓喜しながら胸に手を当て一礼した。

「御心のままに。我が――『王』よ」

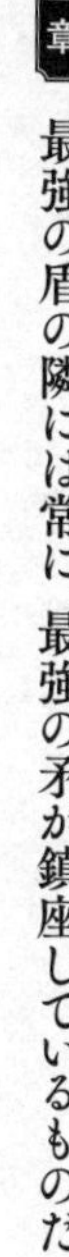

第五章
最強の盾の隣には常に、最強の矛が鎮座しているものだ

「はぁ……あの執事、本物の化け物じゃん……」

エトワの魔鍵との疑似契約によってマナ回路が壊死した左腕を押さえながら、私は魔法博物館から離れた街の路地で悪態を吐いた。

計画は完璧だ。多少の予定外が介入してきたものの、大方順調に進んでいると言ってもいい。エトワの魔鍵を手にすることはでき、左腕を犠牲に疑似契約を結んで固有能力を発動させ、増幅の宝玉と接続することに成功した。皇都ミフラスの空に浮かぶ巨大な黒球はエトワの魔鍵の『乱調』を皇都全体に伝えているはずだ。

このまま何事もなければ、残り二時間以内に多くの命がこの世界から消滅することだろう。長く願い続けていた復讐の願望が成就する。

でも……。

「きっと、そう簡単にはいかない」

脳裏を過るのは、執事と皇女。

第六天鍵の魔鍵を持ち、絶対的な防御魔法を行使する最強の盾であるロートだけでも厄介極まりない。そこに、皇国……いや、世界最強とも称されるクレル＝カレアロンドが控えている。まさか、こんなことになるなんて思いもしなかった。来館者がいない時間帯は『魔鍵の間』には館長しか入ることができないため、深夜に『魔鍵の間』に入るために予告状を出したのだけど……完全に裏目に出てしまった。まさか、疫病神を呼び寄せてしまうなんて、本当についてない。暗殺も失敗した挙句、それがロートの逆鱗に触れてしまった。

あの二人は確実に、空に浮かぶ黒球を破壊しに向かうことだろう。彼らには、それを実現することができる力があるから。

願わくば、何事もなく終わってほしい。時間を迎えてほしい。

叶うはずのない儚い思いを胸に抱き、私はズルズルと壁に背を預けて石畳に座り込む。

いつの間にか血が止まっていた傷口から手を離し、べっとりと血が付着した手で宝玉を掴んだ。

もう少し、あと少し……。

僅かな時間を凌ぐことができれば。

「貴方の下に向かいます……リアス様」

既に会えなくなってしまった人の名を呟く。

もし……天上の国が存在し、そこで彼と再会することができたのならば——私のことを、許してくれるだろうか。きっと、凄く怒って、私が恐怖してしまうくらいの大説教をすると思う。それでも最後には、一緒に償っていこうと、許してくださると思う。それだけ、優しい人だから。

その光景を夢想し、ゆっくりと瞳を閉じようとした——時。

「——ッ!!」

建物の屋根を飛び移りながら黒球に向かって疾走する、男女の姿が目に映った。

◇

壁の穴から飛び降り、博物館から出た俺とクレル様は宙に浮かぶ黒い球体を目指し、皇都の街中を全力で走り抜けていた。石畳を踏み鳴らし、建物の壁を蹴り、屋根の上を全力で駆け、一刻も早く目的地へ辿り着くことを目指す。今この時ばかりは、肌寒いと感じる外の冷たい空気をありがたく感じた。

屋根から屋根へと飛び移り、水路の上に浮かんでいた小舟を飛び越えた付近で減速し、俺は腕の中にいたクレル様に視線を向けた。

「大丈夫ですか？　クレル様」

「申し訳ない気持ちでいっぱいです……」

俗にいうお姫様抱っこを俺にされているクレル様は、どんよりと暗い雰囲気を放ちながら、両手の人差し指を突き合わせていた。

以前にも言った通り、クレル様は本物のポンコツである。基本的には何をやっても空回りし、失敗ばかり続ける面倒事の量産機械とも言えるほどに。一刻も早く黒い球体の下に辿り着かなければいけないこの状況でクレル様を走らせれば、運動音痴に精神的な焦りが加わり、普段以上に転倒の回数が増えることになる。時間がない今、そんなことで貴重な時間を失い、クレル様を負傷させるわけにはいかない。

そこで、俺がクレル様を抱えて全力疾走する。というのが現状最も早く現場に到着することができる方法なのだ。

クレル様は激しい自己嫌悪を抱きながら、自嘲した。

「こんな時にまでロートに迷惑をかけるなんて……本当に私は駄目な人間ですね。あれ？　何だかしょっぱい水が……」

「泣いている場合ではありませんよ、クレル様」

　俺は再び走り出しながら、クレル様に慰めの言葉をかける。ポンコツに加えてメンタルが弱いとは、世話が焼ける人だ。そこが可愛いところでもあるのだけど。

「先ほども言ったでしょう。俺がいる限りクレル様は完全無欠の最強です。貴女の駄目でポンコツな部分は俺が全てフォローしますから、貴女は貴女にしかできないことに集中してください」

「うぅ……はい」

「逆を言えば、俺がいない貴女は弱小どころではないので」

「わかっているので追い打ちをかけないでください……」

「事実ですので」

　再び壁を蹴り、建物の屋根へと飛び移る。

　黒い球体までの距離はかなり近くなったとはいえ、皇都は広いのでまだまだ走らなければならない。現在地で丁度、三分の一を超えたというところか。

　腕時計を見て時間を確認すると、博物館を出てから十分が経過している。十分でこれだけの距離を移動できたのは、上出来と言ってもいいだろう。ただ、幾ら俺が優秀な執事と言っても無限に走り続けられるわけではない。一旦呼吸を整えるため、休息を取る必要がある。

冷たい夜風が上昇した体温を冷ます感覚に身を委ねながら、俺は一度クレル様を下ろした。

「申し訳ありません。すぐに呼吸を整えますので、少しお待ちを」

「急がなくても……いえ、急がなければならない状況ではあるのですが、体力が戻っていない状態で走り続ける必要はありません。ゆっくりでいいですよ」

俺の背中に手を当て優しく言うクレル様に感謝しつつ、俺は彼女に、博物館を出たあたりから思っていたことを告げた。

「悪い意味ではないのですが、正直意外です」

「意外、ですか?」

「はい。てっきり、もっと取り乱すものだと」

エトワの魔鍵が響かせた『乱調』の音を聞いた俺は、このままだと二時間後に死ぬ。他の者たちのように意識を飛ばして眠りに就くことは避けられたが……生命活動は乱されたまま。全力で走ることはできているものの、普段よりも早く息が切れ、尚且つ身体の倦怠感は増していくばかり。

そんな俺の状態はクレル様も理解しているはずなのだが……ここまで一度も、心配の言葉や泣き言を口にしていない。

　それがとても意外だったのだが……俺の言葉を聞いたクレル様は、口元を綻ばせた。

「ロートの命が脅かされていることは、私も理解していますよ。でも、慌てふためき取り乱すようなことではないと思います」

「どうして、そう思うのでしょうか？」

「だって——貴方には、私がついているんですから」

「——」

　まさか、そんな言葉が返ってくるとは思わず、俺はやや呆気に取られる。

　俺の反応を見て気分をよくしたのか、くすり、と笑ってクレル様は続けた。

「大丈夫です。貴方が私を死なせないと護ってくれるように、私も貴方を死なせません。絶対に生きて——一緒に明日を迎えましょう」

「結婚しましょう」

「今の流れで何処から結婚の話が出てくるんですか！」

　クレル様の言葉があまりにも心に響き、思わず求婚をしてしまった。無意識の内に口にしてしまったこととはいえ、反省——いや、待て。今のはクレル様があまりにも愛おしすぎて出てしまったこと。つまり、原因はクレル様にあるということだ。俺が謝るのはあまりにもお門違い。謝るべきはクレル様のほうである。謝ってほしい。

「全く……元気になったのなら、すぐに行きますよ？　こんなことをやっている時間はないんですから」

「問題ありません。息は整いましたので、また走ることができます。無論、到着した後はクレル様にお願いをすることになりますので、そのつもりで」

「わかっています。ただ……ロートがいないと、周囲に甚大な被害が出ますから」

「冗談抜きで、皇都が消滅するでしょうね。そうならないために、俺がいるわけですが」

クレル様の魔法は、超高火力のものが大半だ。多少は威力の調整ができるのだが、残念ながら彼女は微細な魔法のコントロールを習得していない。日々努力をしているとはいえ、中々習得できるものではないのだ。

俺は今見える街の景色が消滅してしまわないことを願いながら、皇都を見渡す。

「クレル様……街の人々を、ご覧になりましたか？」

「はい、勿論ですよ」

頷き、クレル様は俺と同じように皇都の街に目を向けた。

走っている最中に確認したが……皇都の街に住む人々は皆、『魔鍵の間』で倒れている魔法士たちと同じように地に伏せ、虚ろな目をしていた。意識はないようで、俺たちが近くを通過しても一切の反応はなし。道を歩いていたのであろう通行人も、居酒屋で酒を飲んでいた客も、レストランで食事をしていた者も、皆同じ有様だった。

それを見れば、あの黒い球体の存在理由は容易に理解することができる。

「あの黒い球体は『乱調』の力を皇都中に伝えている。そして、耐性のない人々の正常な生命活動を『乱し』、二時間後に命を奪うのでしょう」

「出現したタイミングは恐らく、エトワの魔鍵が球体に刺さった時ですね」

「はい。エトワの魔鍵が内包する膨大なマナを使うことができるのであれば、これくらいの芸当は可能でしょう。エトワの魔鍵は第六天鍵ですから」

第六天鍵の力を十全に使ったのならば、皇都全域に効力を発揮する魔法を使用することもできる。魔鍵にはそれぞれ固有能力というものがあるが、エトワの魔鍵は使い方によっては凶悪になる力を発揮する力を持っていた。それをエルネに利用された結果が、これ。

一定範囲内に存在する生物に死を齎すという、最凶の魔法。

一度に何万という人間を虐殺する魔法など、第七天鍵にも匹敵する力と言えるだろう。

ただ、これほど大規模な力を発動するためには多くの代償を支払い、時間をかけなくてはならないため、総合的に見れば第七天鍵には及ばないが……それでも、十分に凄まじいと言える力だ。

その力を使い、歴史を紐解いても稀な大量虐殺が今、行われようとしている。その理由を知りたいと思うのは、当然のことだろう。

「エルネが言っていた、復讐とは誰のどんな行為に対してのものなのか……」

「内容はわからないですけど、少なくとも、些細なことではないでしょうね」

これだけの大量虐殺を画策したということは、かなり大きな恨みを抱いていたと思われる。皇都を狙う……つまり、皇国に対して強い恨みを抱いていた。一個人が国を恨むなんて、相当のことがあったはずだ。

とても気になるが、今は考察よりも先に、あの黒い球体を何とかしなくては。

「そろそろ行きましょう」

「大丈夫ですか？」

「はい。五分も休憩を取りましたから、これ以上は――」

言葉を止め、俺は反射的に指を鳴らし、背後に透明な障壁を生み出す。一拍後、障壁に燃え盛る鈍色の炎が衝突し、熱気と火の粉を散らして消滅した。炎の周囲には蜃気楼が生み出されていたが、当然その熱気も火の粉も障壁に阻まれ俺たちには一切届いていない。

「チッ、やっぱ届かないよね、こんな魔法じゃ」

「当たり前だな。俺に死角は存在しない」

手を振り、障壁を消滅させた後、俺は眼前に現れた女――エルネを冷たい視線で睨みつけた。

「てっきり雲隠れしたままでいると思ったんだが、あの黒い球体を破壊されると思って、焦って出てきたのか？　どのみち探すつもりだったので、手間が省けたが」

「本当に……後からしゃしゃり出てきた分際で偉そうだよね。とにかく、あの黒い奴を壊されると私が困るのよ――刃散風」

眼前に右手を翳したエルネは陣を展開し、不可視の風の刃を俺たちに向かって射出。

精度、速度共に及第点。

十分に魔法士としての戦力にカウントできるほどの技量と言える。が、俺には圧倒的に届かない。

「鏡面壁」

守護盾鍵を軽く振った直後、正面には鏡のように磨かれた壁が出現。裏返しの世界を映し出す鏡に直撃した風の刃は進行方向を百八十度変え、術者であるエルネを刻まんと彼女に迫る。大慌てでそれを回避したエルネは燃える炎や冷気を振りまく氷の矢などを放つが、その全てが障壁に弾かれ無効化される。

どれだけの魔法を使おうと、俺は一歩も動くことなく全てを防ぐ。多くの者から狙われるクレル様を護るのだから、これくらいの芸当が出来なくては護衛失格だ。それに、三流魔法士の魔法を通すことなど、あってはならない。

意味のない魔法の攻撃を十数回繰り返したところで、エルネは息を荒らげて片膝をついた。

「はぁ……はぁ……」

「エトワの魔鍵の力を無理矢理引き出したことで、かなりのマナを消耗していたようだな。十数発撃っただけでその有様とは」

考えてみれば、当然だ。皇都全域に発動しているこの魔法を、エトワの魔鍵が持つマナのみを使用しているのだとしても、その力を引き出すために使用したマナは多大なものだろう。本来ならばそれだけで倒れそうなところに、逃走や戦闘と更にマナを消耗し続けた。第五天鍵が内包するマナでは、ここらが限界だと思われる。

案の定、エルネはマナの過剰消耗による全身の虚脱感に苛まれ、上手く身体を動かせていない様子だった。しかし、全身を震わせ、それでも尚立ち上がろうと足掻きながらもエルネは俺を強く睨みつけた。

「なによ……反撃する余裕があるくせに、防御だけして。私のマナが無くなるのを待っているってわけ？」

「そういうわけじゃない。ただ、一つ聞きたいことがあるだけだ。半殺しにするのは、それを聞いた後だ――クレル様」

背後で成り行きを見守っていた主に促すと、彼女は頷きを返してエルネに問うた。

「エルネさん……聞かせていただけませんか？　貴女が、皇都の人々の命を奪おうとしている理由を」

「……復讐って、言ったでしょ」

「はい。ですが、その内容を私たちは知りません。ですから……ロート」

「なんでしょうか」

呼びかけに応じると、クレル様は俺を少しばかり睨んで言った。

「なぜ今、障壁を展開する必要があるのですか」

「クレル様が必要以上に、その女に近づいているからです」

俺は目を伏せて答える。

今、彼女の眼前には透明で薄い、頑丈な障壁が展開されている。それはエルネからの攻撃を防ぐためのものではなく、クレル様がこれ以上エルネに近づかないようにするためのものだ。

何を考えているのか、クレル様は片膝をついているエルネに自ら近づいている。魔法を防ぐことができない生身の彼女では、不意打ちをまともに喰らってしまう可能性があるのだ。その危険性を、俺は見過ごすことができない。

が、クレル様は不服なようだ。

「今すぐに障壁を消してください」

「なりません。危険です」

「大丈夫です！　そこまで心配ならば、ロートが私の傍にいればいいではないですか」

「それも無理です」

「何故ですかッ‼」

「殺してしまうからです」

俺の答えに目を見開いたクレル様を一瞥し、エルネに視線と殺意をぶつける。障壁越しでも伝わるだろう。俺が今、どれだけ強くエルネを殺したいと思っているのかが。

「その女の近くに行けば……俺は間違いなく細い首を掴んで締め上げ、へし折るでしょう。その女が大虐殺を行おうとしている理由を聞くこともなく」

「……っ」

嘘でも冗談でもないことがわかったのだろう。クレル様は息を呑み、なんて言葉を返そうかと迷っている。

すると、回答に悩んでいたクレル様に代わってエルネが口を開いた。

「だよね。さっきから私を殺したいって殺意が伝わってきてたもん」

「理解が早くて助かる」

「でも、私としては障壁を解除してほしかったかな」

自分の首元に片手を当てたエルネは、ニッと口を三日月型に裂いた。

「残存マナが少なくても……そこのお姫様の首を掻っ切るくらいのことは——」

殺す。

そう思った時、既に身体は動いていた。自分でも驚くほどの瞬発力で床を踏み砕きながら突進し、一秒と掛からずエルネの下へ接近。彼女の首を右手で掴み、力を込めて握りながら口の中にナイフの刃を突っ込んだ。口の中を切ったらしくナイフに血が付着するが、俺は構わずその姿勢を維持する。瞬間的に喉元を掻き切らなかったことを感謝してほしいくらいだな。

「あ——がッ」

「やめなさい、ロート！」

決死の声音でクレル様が静止の言葉を叫ぶが、俺は気にも留めずにエルネの首を掴んだ右手の力を強めた。

「二度と舐めた言葉を話せないように舌を切断してやろうか？」

「…………ッ!!」

「それとも、首を切断されるほうがお好みか？　安心しろ、俺は人の首を切ることに関してはプロと言っていい。何百回と練習したからな」

「ロートッ！」

クレル様が再度俺の名を叫んだ直後、俺はエルネの口に入れていた鋭利なナイフを引き抜き、彼女の首を掴んでいた手を離した。最近、我を忘れてウェイターを殺そうとしたばかりだからな。二度も同じ間違いは繰り返さない。

「殺されたいなら望みどおりにしてやるが……死ぬ前に話せ。『王』の望みは絶対だ。拒否権はない」

「けほっ……」

咳き込んだエルネには一瞥もくれず、俺はクレル様に一礼する。

「では、どうぞ」

「本当に殺してしまうのかと思いましたよ……」

「叱られたばかりですからね。二度も同じ過ちは繰り返しません。愛する人から言われた言葉は、忘れないものなのですよ」

「……」

ちら、とクレル様の視線が、俺が片手に持っていたナイフへと向いた。それはエルネの口の中に入れていたものであり、刃の部分は彼女の血と唾液で濡れていた。

「どうかなさいましたか？」

「……それ、早く捨ててくださいね」

「クレル様。俺は貴女の体液以外に興味はございません」

「そういうことを口に出して言わないで貰えますかッ‼」

顔を真っ赤にして言ったクレル様に笑い返し、俺は持っていたナイフを早々に捨てる。他人の体液塗れのナイフなんて、拭いたとしても使いたくない。幸いナイフのストックはあるので、一本と言わず百本捨てたとしても大した問題ではないからな。定期的に補充もするし。

「本当にもう……」

と、クレル様が溜め息を吐いた時。

「私も」

仰向けに横たわっていたエルネがポツリと呟き、話し始めた。

「そんな時があったなぁ……大好きな主と暮らしていた、幸せな時が」

「主か。つまり、以前のお前は誰かに仕えていた、俺と同じ従者だったというわけか」

「そ。あんたと同じ、誰かに付き従う従者で……あんたと同じ、主に恋心を抱いていた者だった。まぁ、私の場合はその主と将来を誓い合っていたけど」

俺はエルネの言葉を遮ることがないよう、足音を立てずに彼女の近くまで移動する。空を見上げたままの彼女は、その時のことを思い出したのか、微笑を浮かべている。ただ、瞳は腕で覆っているため、正確な表情は窺うことができなかった。

ここから先は、彼女の独白になる。

無用な口は挟まないでおこうと決め、俺はエルネの言葉に耳を傾けた。

「私は五年前まで……カレアロンド皇国より南西部にあるサフィラ王国っていう、小さな国で、ユーリエル子爵って貴族の家でメイドをしていたの。小さな領地で小さな爵位だから、あんまり貴族っぽくなかったけどね」

サフィラ王国は小国だ。周囲の国への影響力も小さく、大国と比べれば国力も低い。その反面、自然豊かで過去に一度も飢餓に見舞われたことがないことでも知られている。

「私も昔、一度だけ行ったことがあります。緑豊かで、国民の皆様も優しい人たちばかりの良い国でした」

「ええ、とってもいい国よ。サフィラ王国で暮らしていた日々は楽しかったし、屋敷の皆も仲が良かった。それに、何よりも大好きな人の傍にいられたから、文句なんて出てこないくらい」

「しかし、お前は満足していた暮らしを捨てて皇国にいる」

文句が出てこない生活環境なんてものは、早々手放したりはしないはず。なのに、エルネは愛していた主の下を離れ、カレアロンド皇国で博物館の研究員をしていた。

何か、特別な事情があるのだろう。

「捨てたんじゃ、ないよ……」

歯を噛みしめ、拳を強く握ってエルネは言った。

「奪われたんだ。この国に、私は……私たちは、幸せな国を」

「奪われた、ですか？」

クレル様がこちらに視線を向けるが、俺は頭を横に振る。

そんな話は聞いたことがない。皇国がサフィラ王国を蹂躙したような歴史は、存在していないのだ。歴史的に見ても、この両国は関係が浅い。それは現在も同様であり、同盟なども結んでいないのだが……エルネの声音には、演技ではない憎悪が宿っていた。

「皇族でも知らないんだね。きっと、皇国内でも一部の人間しか知らないんだ。表沙汰にすることができないような、卑怯で下劣なことを、カレアロンド皇国がサフィラ王国にやっていることは。今や……あの国は立派な皇国の傀儡国家だよ」

「皇国の上層部が、武力以外の方法でサフィラ王国を侵略しているということか」

大国が小国に対して行う、典型的な侵略方法だな。

方法は様々だが、小国の貴族に美味い話を持ち掛け、対価として議会などで大国に利がある議案を通したりする。そうして少しずつ、小国は大国にとって都合のいい国へと変わってゆき、やがて立派な傀儡国家へと成り下がる。表向きは、従属国と呼ばれているな。

だが、わからないことがある。

「皇国が国民に隠して、サフィラ王国を侵略しているというのが理解できない。普通なら、皇国政府の成果として大々的に国民へ知らせるはずだろ」

小国とはいえ、一つの国家を傀儡にできたのなら大きな成果だ。皇国政府の有能性を国民に知らしめる絶好の機会なはず。なのに、国民どころか皇族であるクレル様すらそのことを知らないとは……一体どういうことなのだろうか。

俺がエルネに問うと、彼女は吐き捨てるように言った。

「政府が国民に言わないなんて……反感を買うようなことをしている以外にないでしょ」

「！　間引きか……」

思い当たった可能性を口にすると、エルネは頷いた。

あぁ、そういうことか。やはり、この国の政府は腐りきっていたか……。

「ロート、間引きと言うのは……」

「要するに、皇国の政府は狂っているということです。サフィラ王国内で皇国の命令に逆らうような人間は、殺されるのでしょう。恐らくは、彼女の主も……そうだろう？」

「うん、察しが早くて助かる」

少しだけ、同情した。同時に、理解できた。エルネが皇国に対して強烈な復讐心を持っている意味を。

「私の主であるリアス様は、皇国が命じた増税に真っ向から反抗したの。領民の生活を護るために、全力を尽くすって。でも、駄目だった。反対の書状を提出した四日後に、屋敷の使用人諸共、暗殺者たちに殺されちゃった」

気が付けば、エルネは両の瞳から涙を流していた。その涙には、どのような感情が込められているのか。怒りか、悲しみか、悔しさか……あるいは、その全てか。判別することは、俺にはできない。

「リアス様は、私、だけでもって……片腕がない状態で、私を外に逃がしてくれたんだ。もう会えないって、生きてはいけないから、君だけでもって。一人で逃げるなんて、許せなかったけど……逃げるしかなかったんだよ。最後に見た彼の顔が、今でも夢に出てくる。私の手の届かないところで力尽きてしまった、彼のことが……それが何よりも苦しくて、寂しくて、悲しくて、どうしようもなかった」

「それで、復讐を決意したんですね」

「……そうだよ――ッ!!」

エルネの叫び声が響いた。

「やったのは政府の上層部だから国民は関係ないなんて話は通じないッ！　国は人の集まりだッ！　皇国にいる人間全てが国を構成する要因であり、皇国そのもの！　だから、私は皇国の人間全てを殺してやることにしたんだッ！　身分も性別も、何もかも関係ない。私は……私から大切な人たちを奪ったこの国全てに復讐してやることを目的に今日まで生きてきたッ！」

「……エルネさん」

「私に残されたのは、この復讐の炎だけなのッ！　同情の念なんて抱かなくていい。可哀そうだなんて偽りの気持ちを向けないでいい。私が欲しいのは同情じゃなくて時間なのッ！　だから、邪魔しないでよッ！　これが私の――リアス様に捧げる最後の忠誠であり、愛なんだからッ!!!!」

「――」

エルネの叫びを聞いた瞬間、俺の中で何かが切れた。張りつめていた糸が突然切断されるような、そんな感覚が生まれた。

「愛、だと？」

俺は呟き――上半身を起こしていたエルネの頬を思いっきり叩いた。叩くというよりも、殴るに近い。平手打ちを受けたエルネは横に転がり、頬を押さえて起き上がった。

「……な、に？」

呆然と俺を見つめたエルネに近寄り、俺は彼女の胸倉を掴む。

確かに、愛する人に仕える従者として、彼女の悲しみや絶望感は理解できる。もしも俺がその立場だったら……クレル様を目の前で失うようなことがあれば、その元凶たる国の人間を皆殺しにするという選択を取るかもしれない。

しかし、俺には同じ従者として、どうしても聞き逃すことができない点があった。

「エルネ、お前の主は……お前に皇国に対して復讐するように言ったのか？」

「それは――」

「言っていないだろう。話を聞く限り、民を護るために尽力する男が復讐を託して死にゆくはずがない。心優しく、恋仲であったお前に遺すのは復讐しろという呪縛の文言ではなく……お前の幸せを願う言葉だろう。違うか？」

「……ッ」

大きく目を開いたエルネの瞳は次第に潤んで行き……じわ、と涙が溢れて零れた。

俺は自分の考えが正しかったことを確信し――ポケットから銀の指輪を取り出し、エルネに投げ渡した。

「お前の持ち物だろう。返しておく」

「！　これ――」

エルネは驚きに目を見開きながら手中のものを見つめる。

投げ渡した指輪は、以前クレル様と散歩をしていた時に出会った鳩が足に装着していた指輪だ。豪奢な装飾や宝石などは施されていない、シンプルなもの。

あの時は少し前に流行った恋愛儀式を行うために、鳩に装着させたのだと思ったが……色々と解けた今では、俺の考えが間違っていたことがわかる。

「使い魔と感覚を共有する場合、術者と縁の深い代物を使い魔に持たせなければならない。鳩に持たせたその指輪はお前が普段左手薬指に嵌めていたものであり……お前が愛した主人からの贈り物だろう」

「……」

エルネは何も言わずに指輪に視線を落とし続けている。その沈黙を肯定と受け取り、俺は続けた。

「大切な人を奪った相手に対する憎悪や復讐の念は、当人以外には理解できないほどに強く大きなものだ。事実、お前は自分にとって世界で一番価値のある代物を手放してでも、復讐を遂げようとした。お前に……お前たちに起こった出来事には同情するし、復讐したいという気持ちは理解できる」

「……だったら――」

「しかし、だ」

怒気を含んだ視線と声を、俺はエルネに真正面からぶつけた。

「主から賜った最後の命令を無視する、従者としてあるまじき行為には、賛同も共感もすることができない」

「――ッ」

一筋の涙を頬に伝わせながら息を呑んだエルネの胸倉を掴み、俺は声を張り上げた。

「思い出せッ！　お前の主は、お前が復讐することを望んでいたのか？　最期に託した言葉は、お前の不幸を願うものだったのか？　お前の主はそんな最低な人間なのか？」

「ち、違――」

「ならば、お前が捧げる復讐は全てお前の自己満足でしかない。主が望まない忠誠心と愛は不要な愚物だ。従者たる者、主の望んだ姿であれ。一人の女として主を愛するのであれば、尚のことだ。幸福であることを望まれたのであれば、幸福になる努力をしろ。お前が努力の末に掴んだ幸福が、亡き主に対する何よりの、手向けの花となる」

「……」

「お前は道を間違えた。だが、時間がある限り正しい道に戻ることはできる」

俺が言葉を言い終える頃には、エルネは涙を堪えることを諦めていた。天を見上げ、滂沱の涙を流し、聞かれることも厭わず大声で泣き声をあげる。人々が沈黙する静寂な街に、彼女の涙交じりの大声が木霊した。

俺はそんなエルネから目を離す。

もう、彼女に対する怒りはない。彼女も被害者なのだ。腐りきった人間が齎した災害の、哀れな被害者。

無論、罪は消えない。クレル様を暗殺しようとしたことも、エトワの魔鍵を奪おうとしたことも、皇都の民を手にかけようとしたことも。これらの罪は一生をかけて償っていかなければならない。

だが、これらの罪はそもそも、皇国の腐りきった政府が元凶でもある。エルネの罪だけを償わせ、そいつらはお咎めなし、というのは平等じゃない。元凶はとことん潰さなくては、いずれこの悲劇が繰り返される。このまま皇都の人間全てが死亡してしまっては、罪

の清算ができなくなってしまう。それではいけない。国は人と言うのは的を射ているが、関係も罪もない人々が死ぬのはやはり見過ごせない。

だから、俺たちは当初の目的を果たすとしよう。

「クレル様、参りましょうか」

「いいのですか？」

「このままここにいても、タイムリミットが迫るだけです。残り一時間を切っていますからね。急ぎましょう。それと——エルネ」

クレル様を抱えた状態で、泣きじゃくるエルネに声をかけた。

「お前はここにいろ。後始末くらいはしておいてやる」

言い残し、俺は駆けだした。

禍々しい黒い瘴気を噴出し始めた、球体の下へ。

二十分後。

「遠くから見ていた時よりも、大きく感じますね」

黒い球体から数百メートル離れた建物の屋根に到着し、間近となったそれを見上げたクレル様は、言葉とは裏腹に全く圧倒されていない様子で呟いた。

俺は守護盾鍵を宙に浮かせた状態で首元のネクタイを外し、投げ捨てる。確かに、遠くから見るよりもずっと大きく感じるな。

「直径は三百メートルといったところでしょう。時間が経つにつれて表面から黒い瘴気が漏れ出ているので、さっさと破壊してしまいましょうか」

「それはわかっていますけど……大丈夫でしょうか？」

心配そうに言ったクレル様は道で倒れている人々を見た。

ここに到着する道中で見かけた人々は全員意識を失っており、この球体の影響を受けている状態だった。正常に意識を保っている人間は皆無。もしかしたら、皇宮にいる第六天鍵の魔法士は俺たちと同じ状態なのかもしれないが、今更皇宮に行く意味はないし、無事を確認しに行く義理もない。そもそも皇都全域がこんな状態なのにも拘わらず、何の対処もしようとしていない時点で奴らの無能さが浮き彫りになっている。心の中で軽蔑するだけに留めるとしよう。

で、クレル様が何を心配しているのかというと……。

「もし、私の魔法で皇都が平らになってしまったら……」

「大丈夫ですから、存分に力を振るってください」

確かに、クレル様一人が魔法を使ったのなら、皇都は何もない平らな土地となり、衝撃の余波は隣国にある家々の窓ガラスを粉砕するまでになる。彼女の魔法は周囲への配慮を度外視し、破壊力に全てを注いだものであり、魔鍵自体も超攻撃の魔法を得意とする特性だ。最強の矛、と言ってもいい。

彼女だけが球体の対処に当たったのなら、皇都の民は衰弱死を免れたとしても骨すら残らず消滅する。

そんな本末転倒な未来を退けるために、俺がいるわけだ。

守護盾鍵を眼前に突き出し、魔法を唱える。

「――虹光王盾」

魔鍵の先端に小さな魔法陣が出現した、一瞬後。

皇都全域を包み込む、虹のオーロラが出現した。

頭上を覆いつくす七色のカーテンは淡い光を放ちながら輝き、皇都にある全てを覆い隠す。およそ盾とは言えない代物。実際、魔法ではない物理的な攻撃に対して、このオーロラは一切の防御力を示さない。

　だが、虹光王盾(シェルファー)は魔法による攻撃に対して、絶対的な防御力を誇(ほこ)る。主を守護する、最強の盾となるのだ。

「綺麗(きれい)……」

　頭上に広がる七色の光を眺(なが)めていたクレル様に、俺は魔法を維持しながら声をかける。

呑気(のんき)に見ている場合ではないからな。

「さぁ、クレル様」

「ええ、わかっています」

　俺の呼びかけに応じ、クレル様は一度胸に手を当て呼吸を整え――。

「――墜星神鍵(アケルナル)」

　赤を含んだ黄金色(こがねいろ)に輝く、長大な一本の魔鍵を顕現(けんげん)させた。

　黄金の瘴気を纏(まと)い、ただそこに存在するというだけで空気が震撼(しんかん)する。俺の守護盾鍵(プロキオン)と大きさは全く同じだが、格の違いは見るだけで理解できる。『王』を『王』たらしめる、有象無象(うぞうむぞう)を無条件に傅(かしず)かせる、最強の武具。

　皆(みな)がクレル＝カレアロンドに畏怖(いふ)を向け、畏敬(いけい)の念を抱(いだ)く理由。

　それが、彼女が持つ魔鍵――墜星神鍵(アケルナル)。

　第七天鍵(アラボド)の位階を持つ、正真正銘(しょうしんしょうめい)、最強の魔鍵だ。

「では、使わせてもらいますね。ロート」

「墜星神鍵(アケルナル)は既(すで)に、俺ではなく貴女(あなた)のものです。許可を取る必要はありません」

俺がそう言うと、クレル様は頭を横に振った。

「これは今でも、ロートのものですよ。私はこれを、貴方(あなた)から預かり、使わせてもらっているだけなんですから」

「……頑固(がんこ)なお嬢様(じょうさま)ですね。ええ、どうぞお使いください」

苦笑(くしょう)し、俺は投げやりに言う。

そう。墜星神鍵(アケルナル)は元々、俺が所有していた魔鍵だ。クレル様と出会い、従者として付き従うと決めた日、何の力もなかった彼女に俺自ら託した。二度と、クレル様を無下に扱(あつか)い、虐(しいた)げる者が現れないように。

「ごめんなさい、ロート」

不意に、頭上に墜星神鍵(アケルナル)を掲(かか)げていたクレル様が、俺の顔を見ることなく言った。

「貴方の力を借りないと何もできない、駄目(だめ)な主で」

「……」

何をいまさら。

クレル様はポンコツでダメダメで、一人では生きていくことが難しいクソザコお嬢様だ。

そんなこと、出会った初日で理解したし、それをわかった上で俺は……俺たちは彼女を愛し、付き従っているのだ。

従者であることを誇りに思い、ポンコツなお嬢様のサポートをすることに、喜びすら感じている。謝る必要など皆無。

「言ったでしょう、貴女の欠点は全て補って見せると。謝るのではなく、存分に頼ってください。俺はその全てを受け止めてあげますから」

クレル様は俺の返答に言葉を返さず、ただ、口元に微笑を浮かべ――。

「――流星」

皇都を救済する、破壊の魔法を唱えた。

墜星神鍵の先端に複雑怪奇な形状の魔法陣が展開し、周囲に濃密な赤いマナが充満。時折、真っ赤な稲妻が迸り、大気を弾く音を響かせた。

ふと空を見上げれば、そこには墜星神鍵の先端に展開されたものと同じ魔法陣が浮かんでおり、月光の何十倍もの輝きで皇都を照らしていた。

俺は夜空に出現した魔法陣をジッと見つめ、

「来たか」

空の彼方、天より地上に向かって、破壊の化身が迫っていることに気が付く。

速度は音を超え、質量は宙に浮かぶ黒い球体に匹敵する。衝突すれば……皇都は痕跡すら残らず、広い荒野に空いた不自然なクレーターだけが残ることだろう。

墜星神鍵の代名詞とも呼べる魔法――流星は文字通り天高くから大質量の隕石を落下させ、目標に衝突させる魔法だ。破壊力はお墨付きであり、黒い球体を破壊することなど容易い。

些か、威力過多ではあるが。

墜ちてきた隕石は衝撃波を発生させながら黒い球体へと猛接近し――黒い球体に接触した瞬間、大質量の隕石は大爆発を起こし、視界が全て白に染まる。衝撃波、爆風、熱線などを発生させ、一瞬にして空は地獄へと成り代わる。

しかし、頭上で死を散らす隕石の大爆発が起きているにも拘わらず、皇都の人々や建物、あらゆるものに被害はない。

俺が展開している虹光王盾は、魔法によって引き起こされたあらゆる事象から対象を護る、絶対の盾。衝撃波も、暴風も、熱線も、全てはクレル様の流星という魔法によって引き起こされたものである。故に、七色のオーロラはその全てを防ぐ。

十数秒が経過した頃、赤く染まっていた空は元の闇色に戻り、月と星々が瞬く平和な夜になった。隕石の直撃を受けた黒い球体は跡形もなく消滅し、影も形も残っていない。

死を齎す邪悪な球体は、完全に消え去った。

そのことを確認した俺は虹色のオーロラを消滅させ、守護盾鍵を虚空に消し、襲って来た疲労感に肩を落とす。と、クレル様が墜星神鍵を下ろし、こちらに歩み寄ってきた。俺とは対照的に、彼女は非常に元気そうだ。

「珍しく、疲れた顔をしていますね」

「誰のせいだと思っているのですか？　全く、少しは加減というものを覚えてください。明らかに威力が強すぎます」

「な――、全て受け止めると言ったのはロートではないですか！」

「だからと言って、問答無用で皇都どころか周辺一帯まで焦土と化す魔法を放つ人がいますか。やはり、クレル様にはポンコツを――」

「……？　ロート？」

俺が言葉を途中で止めたため、クレル様は小首を傾げる。

「どうかしたんですか？」

「民衆が、目覚めていません」

黒い球体は確実に消滅した。だというのに、皇都のあちらこちらで倒れている者たちは起き上がる素振りを見せないのだ。突っ伏したまま、座ったまま、虚ろな瞳のまま、誰一人として。完全に脱力した死体のような姿のまま、ピクリとも動くことがない。

まさか、既に死んでいるのか？

そんな考えが過ったが、それはないだろう。彼らが死んでいるのなら、『乱調』の影響を受けている俺も死ぬはずだから。

俺と同じように下方を見下ろしたクレル様は、訝しげに言った。

「どういうことですか？　黒い球体は破壊したのに……」

「……考えられることですが」

脳裏に浮かんだ可能性を、俺はそのままクレル様に伝えた。

「一度魔法が発動した場合、あの黒い球体を破壊しても効力は残り続ける、ということでしょうか」

質が悪いことこの上ないが、実際にそのような力を持つ魔法は存在する。術者が死んでも事前に発動した魔法の効力は残り続けるという、厄介極まりない魔法が。代表的な魔法を例に挙げれば、数百年前の世界大戦で用いられた、地中に陣を設置し、その上を敵兵が歩くと起爆する仕組みになっている戦争用魔法――地爆陣だろうか。

陣を設置した魔法士が死んでも陣と効力は残り続けるため、今も世界各地で不発陣による被害が後を絶たない。厄介な魔法だ。

……いや、地爆陣は位置を割り出せば処理ができるので、まだマシな方だろう。何せ、今の皇都で起きている状況は、対処のしようがないからな。残り数時間で数万人を一度に救うことができる魔法など、この世界には存在しない。

状況は絶望的。

現状を覆す方法は存在せず——皇都の民と俺が死ぬ未来が、今確定した。

できることと言えば、迫るタイムリミットの時間まで、クレル様に愛と別れの言葉を贈ることくらいだ。この状況ならば、きっとクレル様も愛を受け入れてくれるはず。最愛の人に看取られるのも、悪くはないかもしれない。

そんなことを考えながら、俺は深い溜め息を吐き——先ほどから強烈な視線を感じる隣を見ないようにしつつ、問い尋ねた。

「何故、目を輝かせているのでしょうか、クレル＝カレアロンド第三皇女殿下。俺の死が確定したことが、喜ばしいのですか？」

「逆に聞きましょう、ロート。確定した貴方の死を覆すためには、奇跡の力が必要不可欠であると思いませんか？」

「……何が言いたいのでしょうか？」

いや、理解している。クレル様が何を言いたいのか、俺は誰よりも理解している。実際、現状を覆すためにはそれしか方法が残されていないことも、それを使うことができる状態にあることも。

だが、認めたくない。それしか可能性がないことを、認めたくないのだ。

とはいえ、現実は無慈悲。

クレル様は嬉々とした口調で言った。

「タイムリミットは迫っている。皇都の民を……ロートを救う方法はない。これ以上、何もできることはない、絶望的な状況。こういう時、人は皆こう思うのです。『助けて！神様〜〜〜！』って!!」

「嫌です」

速攻で拒否した。

俺だってそれしか方法がないことはわかっているが、それでも嫌なものは嫌なのだ。クレル様に仕え、主の命令は絶対であることはわかっている。だが、俺にも嫌なことは嫌という権利がある。従者でも拒否したい！

という主張を俺はするが、今回はクレル様も中々諦めきれないらしい。俺の正面に回り込み、両手で俺の手首を掴んだ。

「いいですか、ロート。行動しなければ、皇都の人々と共に、貴方が死んでしまうのです。そうなれば、貴方は二度と私を見ることができなくなるし、私も貴方を見ることができなくなる。今まで当たり前のように過ごしていた幸せな日々が、消えてしまうのです。そんなの、嫌ではないですか？」

「はい。嫌ですね」

「でしたら――」

大輪が咲いたような笑顔を見せたクレル様。彼女とは反対に、俺は感情の消えた瞳で言った。

「その代償として、俺にあの姿になれと？」

「多くの人を助けるためには致し方ないことなのです！　そ、それに……私はあの姿、凄く、それはもう本当に大好きですよ？」

「ええ。わかっております。だから嫌なのですよ」

若干息を荒くしているクレル様には、申し訳ないが引いてしまう。ちょっと涎を拭いてもらっていいですかね、お嬢様。はしたないです。

……参ったな。

このように少しばかり乙女としての在り方を忘れてしまったクレル様は、絶対に折れない。自らの意思を貫き通し、俺が折れるまでひたすら言葉での攻撃を繰り返す。既に何度も経験していることなので、わかっている。このお姫様は非常に困ったことに、実はかなりの頑固者なのだ。

だが、無条件というのは嫌だ。俺は嫌な思いをするのだし、相応の対価をクレル様にも支払ってもらわなければならない。

はぁ……結局いつものパターンですか、そうですか。

俺はげんなりしながら、ヤケクソ気味にクレル様に言う。

「わかりました。クレル様の言う通り、このまま何もしなければ俺は死にますし、そうなれば貴女のお姿を見ることもできなくなってしまいます。それだけは、俺も避けたい」

「！　では――」

「ただし」

俺はクレル様の言葉を遮り、人差し指を立て、宣告。

「変身した俺に触れることは、禁止します」

「――」

クレル様は、この世の終わりのような表情を作る。続いて、ヨロヨロと身体を左右に幾度も揺らし、覚束ない足取りで俺の傍まで近寄ると、ガシッと両手で俺の肩を掴んだ。

「なんで、ですか……？　どうして、そんな酷いことを――」

「そうしなければ、タイムリミットの時間まで俺を抱きしめていそうなので」

「そんなことしないです！　精々……二時間くらいです！」

「思いっきり過ぎています。一応俺は死の危機に瀕しているのですから、もっと緊張感を持ってください。ったく……」

仮にも数万人の人々の命を背負っている場面なのだから、これほどまでに緩み切った空気で良いのだろうか？

そんな疑問を抱きながら、俺は守護盾鍵を召喚して眼前に突き出す。

そして――閉じた状態では回ることのない反時計回りに、百八十度捻った。

ガチャリ、と解錠する音が鳴り響いたと同時に守護盾鍵は光の粒子となり、四本の鎖を繋ぐ純銀の錠前へと変化した。月と星の光を反射し、輝かしい光沢を放つそれには微塵の曇りもない。

あぁ、嫌だな。

口に出してしまうほどの嫌気に襲われているが、俺のそんな心情など知ったことかと、クレル様は嬉々とした様子で手にしていた墜星神鍵を錠前に翳した。俺とは違い、とても嬉しそうだった。頬を叩きたい。

「では、行きますね」

「ええ。どうぞお好きに」

俺が投げやりに言うと、クレル様は片手の魔鍵を錠前に差し込み——解錠。

その瞬間、四本の鎖は弾けて消滅し、俺とクレル様は白い光に包み込まれた。身体が熱い。何か、自分が違う存在へと作り変えられる錯覚を覚える。いや、この感覚はあながち間違いでもない。実際に、俺の身体は別のものへと作り変えられているのだから。

体感にして、十数秒。

全身を包み込んでいた光と灼熱感が引き、視界がクリアになる。

まず飛び込んできたのは、先程までとは違うクレル様の姿だった。

薄水色だった長髪は純白へと変貌し、両の瞳は怪しげな魅力を宿す淡い紫色に。背中には光の翼が一対携えられており、頭上には輝く光輪が一つ。

今のクレル様の姿を見た者は全員が全員、口を揃えて天使と形容することだろう。普段の姿も美しいが、今の姿もまた違った魅力がある。

見惚れてしまう程の美貌を振りまくクレル様は俺と目が合った瞬間——全速力で突進し、思いっきり抱きしめてきた。苦しい。

「ああ～～～ッ!!　これです、この姿です！　なんて可愛い……食べちゃいたいくらいですッ!!」

「……接触禁止って、言いませんでしたっけ」

子供のように高くなった声で言うが、クレル様には全く聞こえていないらしい。ずっと欲しかった玩具を買い与えられた子供のように、夢中で俺を抱きしめている。

うぜぇ。

俺はクレル様に腕の中で好き放題されながらも、尾骶骨付近から生えた七本の尻尾と頭部に生えた大きな耳をパスパスと動かし、クレル様に抗議の意味を込めてぶつけた。しかし、それは逆効果だったようで、俺を抱きしめる力は強くなる。

クソ、だからこの姿にはなりたくなかったんだよなぁ……。変身したら、一時間はこの姿でいなければならないし。

溜め息を吐きながら、俺は身体を光の粒子に変化させ、クレル様の腕から脱出。彼女から少し離れた場所へと移動し、そこに実体を構築した。

「クレル様。今すべきことは俺を愛でることではなく、皇都の民を救うことではありませんか？　目的を履き違えませんように」

「だ、だって……」

名残惜しそうに言ったクレル様は懐から手鏡を取り出し——なんで持ってるんだ——それを俺に向けた。

「獣耳尻尾の美少年なんて、本能的に愛でるに決まっているではないですか!!」

「そんな奇抜な本能は持たないでください」

突っぱねながら、俺はクレル様の手鏡に映った自分の姿を見た。

銀色の髪に、十歳児くらいの小さな背丈。身体に対して大きな狐耳と七本の尻尾が生えており、俗にいう妖狐と呼ばれる伝承上の生物の姿だ。凛々しさは全く見られず、寧ろ弱々しい印象を受けるため、俺はこの姿があまり好きではない……のだが、逆にクレル様は今の俺がもの凄く好きらしく、今のように飛びついて抱きしめてくる。俺はそれが凄く嫌なのだ。子供扱いされるのが、とても癪に障る。

「馬鹿なこと言っていないで、早く民を救いますよ。このままだと、俺も死んでしまいます」

「うぅ……もう少し愛でても……」

バキ。

俺は周囲一帯を瞬間的に凍結させ、クレル様に笑顔で怒気をぶつけた。

「何か言いましたか？」

「な、何でもありません……」

「よろしい」

凍結を解除し、俺は宙に浮いた状態でクレル様が手にしていた墜星神鍵に接近し――鍵の先端に口づけた。

その瞬間、俺たちの頭上には巨大な魔法陣が展開。黄金の光を放つ複雑な式が描かれた陣は、効力を発揮するのを今か今かと待ち構えているように、ゆっくりと回転する。

急かさなくても、すぐに力を振るわせてやる。

胸中で呟き、俺はクレル様に向き直った。

「それではクレル様。早速願いを……なんですか？」

「い、いえ……その、言っても、怒りませんか？」

「内容によりますが……とりあえず言ってみてください」

「その……」

視線を泳がせたクレル様はボソリ、と小さな声で言った。

「さっきの、鍵にキスをした時の表情が良かったなぁ～……なんて」

「どうも、クレル様の頭には煩悩が多いようですね」

額を押さえ、俺は頭を左右に振った。

俺がこの姿になった途端、人が変わったかのように俺を求め始めるのだから、困ったお人だ。どうせなら、普段からこれくらい俺を求めてくれればいいものを。

心底呆れるが……叱ってばかりでは可哀そうだ。俺は嫌いだが、彼女はこの姿の俺が好きなようだし。

しょうがない。少しだけ、飴をあげるとしよう。

俺はクレル様の耳元に口を近づけた。

「今は、するべきことに集中してください。終わったら……してあげますから」

「……わかりました」

人間というのは欲望に忠実というか、単純というか。ご褒美があるだけで急激にやる気を向上させるなんて、非常に扱いやすい生物だな。無論、俺もその枠の中に入るわけだが。

俺が苦笑しながらクレル様を見つめる中、彼女は一度目を閉じ、自らの願いを心の中で唱えてから、魔法の名を口にした。

「――願望成就」

その瞬間、クレル様が持つ墜星神鍵の先端が黄金の光を放ち、それに呼応するように頭上の魔法陣が激しい輝きを放った。

人々が寝静まる夜には似合わない、皇都を照らす黄金の輝きはやがて一点に収束していき——刹那、凝縮された光が弾け、黄金の粒子を皇都の空へと舞い散らせた。

宙を舞い、夜の皇都へと降り注ぐそれはまるで、黄金の雪。

金の粉雪は風に揺られながらも重力に従って落下し、地面に溶けるようにして消えていく。栄枯盛衰。どれだけ輝かしく君臨していたものであっても、いずれは衰えていく世界の理を体現しているかのように思えた。

幻想的な光景に魅入っていると、魔法陣を消滅させたクレル様が近づき、宙に浮いていた俺を背中から抱きすくめた。何故抱く必要がある。

抗議の視線を送ってみるが、クレル様は気にも止めず、俺に問うた。

「皇都の民は、どうなりましたか？」

「御心配なさらず。無事に、願いは聞き届けられましたから」

俺は『乱調』によって起きていた身体の不調が消えているのを実感しながら返す。

魔法の効力が消滅したため、すぐに皇都に暮らす人々は目を覚ますことだろう。いつも通り、平穏な日常へと戻るはずだ。

「あぁ、よかった。本当に……」

心の底から安堵した声を零したクレル様は俺を解放し、疲れた表情を浮かべてその場に腰を下ろした。既に先程までの天使のような姿ではなく、元々の姿に戻っている。どうしてクレル様はすぐに戻ることができるのに、俺は暫く妖狐の姿でいなければならないのだろうか。不平等が過ぎるだろこれ。

胸中で神に対する抗議を行っていると、クレル様が俺の尻尾を指先で摘まんだ。

「最近の大変な日々も、これでようやく終わりですね」

「そうですね。俺が、大変な日が終わります」

考えてみれば、ここ最近は本当に大変な日が多かった。

博物館の相談を請け負ってからというもの、館長に行うべきことを指示し、クレル様が口にしてしまった毒を肩代わりして死ぬ思いをしたり、状況と証拠と言動を組み合わせてエルネの正体を看破したり……果ては、皇都に住む全ての民と自分の命を救うことになるとは。月に一度貰っている給料だけではなく、臨時の報酬があってもいいほどの働きだ。

具体的には、クレル様からの愛が欲しい。

「特に、今回の事件に至っては、俺がいなければ確実に何万という人々が死ぬ結果になっていましたからね。本来なら皇帝から直々に勲章が授与されてもおかしくない功績だと思います」

「欲しいんですか？」

「死んでも受け取りたくありません。それに、この力――天の錠前は俺とクレル様だけの秘密ですから」

言って、俺は口元に人差し指を当てた。

皇都の人々を救った最後の魔法——願望成就は、第七天鍵を超える力である。守護盾鍵に隠された錠前を第七天鍵の魔鍵で解錠することで、使用する魔法。効力は文字通り、術者の願望を成就させるという、この世界の理をも逸脱した破格の力。

勿論、何でも叶えることができる、というわけではない。この魔法を使用するためには莫大なマナを消費するため、一人の魔法士が叶えられる願いには限度がある。それこそ、不老不死を、なんて願いは到底叶えることができない。諸行無常という世界の理に反する願望を実現することは不可能なのだ。

加えて、いつでも容易に発動することができる、というわけではない。

この力を使うことができるタイミングは——俺が死ぬ未来が確定した時。

自分の力ではどうすることもできず、ただ死を待つのみの状況に陥った時に初めて、天の錠前を顕現することができるのだ。言ってしまえば、願望成就は俺の死を回避するためにある魔法とも言える。仮に今回の事件で俺が『乱調』の影響を受けていなかったら……皇都は滅んでいただろう。

あぁ、ちなみにどうして俺が妖狐の姿になるのかは、全くわかっていない。こればかりは本気で神様とやらが俺に対して嫌がらせをしているのではないかと疑っている。

「そうですね……二人だけの秘密、ですもんね」

「はい。知られれば、戦争が勃発します」

　発動するためのハードルは高くとも、願望を叶える力が存在する、なんてことが公に知られることになれば間違いなく戦争が起きる。欲に塗れた人間は争いによって欲を満たす権利を勝ち取ろうと、躍起になるに決まっている。理性だ何だと言っても、人間も動物。欲を満たすという本能には抗うことができないのだ。

　そして、願望を叶える力を手にするために、何百万という人間の血が大地に注がれることになる。そのような悲しい結末は、俺もクレル様も望んでいない。

　皇都の人々が徐々に目を覚まし始めたため、俺はクレル様に帰宅を促す。

「では、俺たちはそろそろ帰りましょうか。街の人々も起き始めたので」

「ええ、ロートほどではないですけど、私もクタクタで……あ、でも、いいんですか？　博物館、大変なことになっていると思いますけど」

「博物館を出る前に、館長の傍にこの後行うべき作業を書いたメモを置いてきたので、問題ありません」

「さ、流石ですね……」

「執事ですので、当然のことです。あぁ、そういえば忘れていましたね」

「え？　なん――」

ですか？　と言いかけていたクレル様の額に顔を近づけ、俺は触れる程度のキスをした。

一瞬何が起こったのか理解できていなかったクレル様は唇が触れた額に手を当て、徐々に頬を紅潮させていく。

やっぱりチョロいな、うちのお嬢様は。

俺はそんなことを思いながら至近距離で彼女の瞳を覗き込み、人差し指を口元に当て、悪戯めいた笑みを浮かべて言った。

「終わったらしてあげるという、約束でしたからね。よく頑張りました」

「……」

酸素を求める魚のように口をパクパクとさせていたクレル様は、やがて何も言葉を発することなく俯いてしまった。耳まで真っ赤にし、だらしない口元を俺に見られないように押さえている。

妖狐姿の俺を散々子供扱いした件は、これでチャラにしてあげよう。

俺は俯いたまま何も喋らない主の隣に浮かび、彼女の歩幅に合わせて帰宅の道を進んだ。

心に満ちる充足感を、存分に満喫しながら。

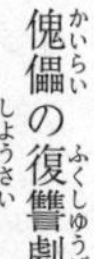

エピローグ

Epilogue

傀儡の復讐劇。

後に詳細を知る者からそう呼ばれることになる事件の、その後の話をしよう。

一連の事件を引き起こした首謀者であり実行犯のエルネは、事態終息後に騎士団に捕縛された。入念な取り調べの後に裁判にかけられ、国家転覆と大量虐殺未遂、加えて皇族であるクレル＝カレアロンド第三皇女の暗殺未遂で死罪が確定。断頭台へと送られることになった。彼女の動機や境遇には同情する点が多くあったけれど、起こしてしまったことは変えることはできない。結果として誰も死んでいないが、法律に則った裁判により死を言い渡された以上、どうしようもなかった。

被害に遭った魔法博物館は現在修復作業が行われており、当面の間『魔鍵の間』は完全閉鎖。他のフロアを見学することはできるので、今も変わらず見学客が出入りしていることだろう。『魔鍵の間』は予定によれば一ヵ月後には修復が完了するらしい。俺はもう行くことはないと思うので、修復後を見ることもないだろう。行く用事もないし。

　今回の事件は皇都全域を巻き込んだ大事件にも拘わらず、皇都の民には詳細が伏せられることになった。何でも、一つの魔鍵により何万という命が奪われそうになっていた、というのは混乱が生じかねないとか。最悪、全ての魔鍵の放棄を訴える暴動が起きかねない、というのは国の上層部にいる知人から俺が直接聞いた話。確かに、事件の後は暴動なんてことは避けたいので、俺も納得したが……知人の近くにいた担当者は、かなり怯えていた。そんなに暴動が怖いのか、俺が怖いのかはわからなかったが。俺か。

　納得がいかない箇所は多々あるものの、一先ず急速に事態が悪化するということはないと見られる。従属国の傀儡化や忽然と消えたエトワの魔鍵の行方など、解決するべきことはあるが、それはまた後日ということで。

　俺もクレル様も、今回の相談事ではかなり疲弊したので、しばらくはゆっくりと身体を休めることにした。休息は必要なので。

　そういう理由で、暫くは黒目安箱の相談事も放棄し、ゆったりとした日常を送っていた

——そんなある日のこと。

◇

「そういえば」

午後。屋敷の庭でティータイムを楽しんでいたクレル様は、ふと何かを思い出したように口にし、ティーカップをソーサーの上に戻した。

「昨日でしたね。エルネさんの、処刑日……」

「はい。昨日の午前十時でした」

空のティーカップに紅茶を注ぎながら、俺は淡々とした口調で答える。立ち上る湯気が、何故か異様に儚いものに見えたのは、きっと気のせいではない。

皇国政府内に広がっている情報によると、事件の首謀者であるエルネは昨日、皇都西部にある牢獄の地下牢で斬首刑に処された。大罪人は本来公開処刑になるのが一般的なのだが、今回の事件は公にされていないため、人目につかない地下でひっそりと執行されたというわけである。

彼女の処遇については、仕方のないことだ。同情する点は多いとはいえ、多くの命を手にかけようとしていたことは事実であり、クレル様を毒殺しようとしたこともまた事実。自らの行いに対する天罰だと思ってもらうしかない。今後、彼女が表舞台で復讐劇を行う可能性は完全に消えたというわけである。

一人の罪人が消えただけだが……クレル様は難しい表情を作っていた。

「複雑な面持ちをされていますね」

「それは……そうでしょう。元はと言えば、悪いのは皇国政府なんですから。悪の根源を残したまま、悪の犠牲になった人を消しても問題の解決にならないです」

「そうですね。では、我が主はどのような行動を取るのでしょうか」

「決まっています」

クレル様は覚悟を決めた表情で俺を見やり、命令。

「カレアロンド皇国が、エルネさんの故郷であるサフィラ王国へ行った残虐非道な行いを調べ上げてください」

「それは、自ら政治に干渉する、ということでしょうか？」

第七天鍵の魔法士は政治に干渉しない。代わりに、望むものは可能な限り用意する、というのが国と魔法士の間で交わされた契約。まさか、クレル様が契約を破るとは思わなかったが……彼女は凛然とした仕草で、言い放つ。

「悪事を正すだけです。苦しむ人を救済するのが、魔法士としての責務でしょう」

「……はぁ」

俺は思わず溜め息を吐いた。

正しいことを言っているようだが、クレル様は具体的なことは何も考えていないだろう。

彼女が大きく動くことで生じるデメリットなどは、計算の内に入れていないらしい。

俺の態度に、クレル様は不服そうに叫ぶ。

「な、なんですか!!」

「クレル様。ご自身が第七天鍵と言う強大な魔鍵を手にしているからと言って全てを解決できるとお思いなのでしたら、それは大きな間違いでございます。何も考えずに貴女が大きく動けば対策を取られるでしょうし、悪事は狡猾に隠されます。尻尾を掴むどころか見ることすらできずに終わる、と考えてください」

「うっ……」

悪い奴は悪事を隠すのが上手い。この世間知らずのお嬢様は、それを知らないのだ。大体一人で生きていくことすら難しいクレル様が、政治に関わっても良いことは何一つない。

それを懇切丁寧に説明しても、クレル様は納得がいかない様子。どうしても、エルネの雪辱を晴らしてやりたいという正義感に駆られているのだろう。

全く、本当に我儘なお嬢様だ。

俺は再度溜め息を吐き——テーブルの上に紙束を一つ置いた。

「え、今、何処から出したんですか？」

「既に調べ上げておきました」

クレル様の疑問を無視して告げると、彼女は紙束を手に取ってパラパラと捲った。

そこに書かれていることは、俺が事件収束後に調べ上げた、カレアロンド皇国の傀儡国家に関する情報。時間的に全てを調べることはできなかったが、無視できないようなものは全て記載してある。結構、えげつないことをやっているみたいだったな。

「いつの間に……」

「クレル様が考えなしに猪突猛進するのは御免願いますが、貴女には俺という超絶有能な執事がおりますので。根回し、情報収集、大抵のことは俺にお任せを。それに――」

片目を瞑り、俺は不敵に笑って見せた。

「何も、協力者は俺だけではありません」

「？　他に誰が――」

と、その時。

「おーい侍従長!!　新入りの準備が終わったぞ～!!」

遠くから聞こえたファーラの声に、俺たちは二人揃ってそちらを向く。

俺は僅かな微笑みを浮かべて。クレル様は――大きく目を見開いた、驚愕の様子で。

予想通り、とても驚いているらしい。

俺は悪戯が成功した子供のような気持ちで、再びクレル様に顔を向けた。

「頼もしい協力者だと思いませんか？」

「ど、どど、どういうことですかッ⁉」

「どうもこうも、ご覧の通りです。クレル様の目は節穴ですか？」

「ご覧の通りじゃなくて――」

　クレル様はこちらに歩み寄ってくる三人のメイド――否、四人のメイドを指さして叫んだ。

「なんでエルネさんがここにいるんですか‼」

「勘違いなさらないでください。全て俺の策略です」

「だから理由を聞いているんですよ‼」

　立ち上がって俺に詰め寄るクレル様を宥めている横で、丈の短いスカートの端を握りしめているエルネは、顔を真っ赤に染めて羞恥に悶えていた。

「く、屈辱だよ……まさか二十歳にもなって、こんな恥ずかしいメイド服を着ることになるなんて……」

「ロート様に命を救っていただいた身で、文句を言わないでください。あと、意外と似合っていますから」

「そうだぞ。あたしはお前がクレル様を殺そうとしたこと、許したわけじゃないからな。

あと似合ってるから」

『厳しくいきます。メイド服、お似合いです』

三人のメイドたちは冷たい視線でエルネを睨むが、当の本人は自分の格好が恥ずかしくて仕方ないようで、周囲の視線や声はまるで気に留めていない様子。一応膝上くらいなので、そこまで羞恥するほどのものではないと思うのだが……何にせよ、いい罰になってよかった。

「で、なんでしたか？」

「だ・か・ら！ どうしてエルネさんがここにいるのか聞いているんですッ!!」

「あぁ、そうでしたね」

思い出し、俺はクレル様でも理解できるよう、簡単に説明する。

「死刑執行人を買収して、エルネの身柄を引き渡して貰ったんです。で、死刑執行人は執行完了と上に報告するので、皇国政府の間では彼女は既に死んでいることになっています」

「いや、でも検死とか……」

「大罪人の身体は斬首後すぐに焼却炉で燃やされるので、出てきた遺骨で死亡が確認されます。なので、事前に人骨に似せた猪の骨を焼却炉に入れておきました」

「用意周到ですね……本当に」

「はい。クレル様とは違うので」

「だから一言余計です！」

　クレル様は少々呆れ気味だが、それ以上に何処か嬉しそうでもある。エルネが処刑されると聞いた時、彼女は悲しそうな顔をしており、気分も沈んでいたからな。この判断は、間違いではなかったと思う。ご褒美をくれてもいいんですよ？

「でも、どうしてエルネさんを屋敷に？」

「それ、私も聞かされてないんだけど」

　疑問と抗議の視線を同時にぶつけられる。エルネに至っては助けてもらっておいてその態度は何だと言いたくなるが、妙に畏まられるほうが気持ち悪いので何も言うまい。ありのままの君が好き。俺が好きなのはクレル様だけだが。

「お前は戦力としては有用だ。疑似契約のせいで左腕のマナ回路を失ったとはいえ、それなりに戦闘はできる。第五天鍵の魔法士はそれほど多くないし、何より大事件を起こし、クレル様を暗殺しようとする度胸がある。一時は殺してやるとすら思ったが、改めて考えればその精神力は称賛に値するものだ。俺は使えると思った者は、手元に置くタイプなので、命を助けたというわけだ」

「はぁ……つまり、防衛要員ってことね」

なるほど、と納得しかけたエルネに、俺は首を横に振った。

「いいや。お前がいないと、お前の主を殺すよう命じた奴を炙り出すことができないだろう」

「！」

それを聞いた途端、エルネは血相を変えた。

「まさか……あんたが復讐するっていうのッ!?」

「復讐じゃない、掃除だ。クレル様の故郷である皇国に巣食うゴミを廃棄するだけのこと。目につく愚物は捨てるのが基本だろう？」

正直に言えば、俺にとっては興味がない話だ。知らない者が何処でどれだけ死のうと、俺には全く関係がない。

しかし、クレル様が心を痛めている以上、俺にはその原因となる者を処分する義務が生じる。愛する主を苦しめる者は、全て俺の敵だからな。それに、これ以上復讐に心を燃やす者が現れるのは、俺としても愉快ではない。

不意にクレル様がエルネの下へと歩み寄り、彼女の手を取った。

「エルネさん。貴女のお話を聞いて、私は胸が痛くなりました。自分の祖国である皇国が、他国の民を苦しめるようなことをしているなんて、今まで知らなかった。平和の裏に悪が蔓延っていることに、気が付きもしなかった」

「皇女殿下……」

「ですが、知った以上は見て見ぬふりはできません。私は、カレアロンド皇国第三皇女として、国に蔓延る悪を滅します。持てる全ての力を使って」

「また俺が酷使されるわけですか」

「今いいところなんですから口を挟まないでくださいよ!!」

威嚇するように吠えたクレル様をスルーし、俺はエルネに言う。

「言っておくが、お前はこの国では大罪人だ。街を歩き政府上層部に発見されれば、再び捕らえられることだろう。極力、この屋敷の敷地内からは出ないようにしろ」

「肝に銘じておく」

「いいだろう。では、早速エルネには一つ、やってもらいたい仕事がある」

「何？」

俺はエルネから視線を外し、彼女の周囲にいる三人を見た。

彼女は以前、従者として働いていたというから、きっと大丈夫だろう。うん、多分、大丈夫だ。きっと。

淡い希望を胸に、記念すべき初仕事を伝えた。

「この三人に……食事の作り方を教えてやってくれ」

「………は？」

困惑した様子のエルネは周囲の三人を見まわし、再び俺に視線を戻した。俺の隣ではクレル様が『なんて酷なことを……』と俺に非難の視線を送っているが、無視。誰かがやらなくちゃならないんだ、誰かが……。自分自身にそう言い聞かせ、俺は湧き上がる罪悪感を堪えた。

「えっと……この子たち、一応使用人だよね？」

「そうだ」

「なんで料理できない子を使用人として雇ってるの？」

「全く以てその通りだ」

「いや答えになってないんだけど……」

頭を抱えるのも無理はない。何せ、採用理由はクレル様を心の底から敬愛している。ただそれだけだから。幸いリグレもファラーラもルイハも、掃除や買い物などの雑用は完璧にこなせる。だが、だが、料理だけはどう頑張っても無理なのだ。フライパンは焦がすのではなく溶かすとか寧ろどうやっているんだ、と思うくらい、壊滅的な技量。もはや俺から教えることは何もない、とか免許皆伝みたいに言って突き放してしまうレベル。

手に負えず困っていたところにやってきたのが、エルネという従者経験のある新人。これはもう彼女に任せるしかないだろう、世の中の常識的に。頼む、いやマジで。

ということで——。

「お前たち……成長してこい」

「は？　え？　ちょ、ちょっと待ってよ!!」

「『よろしくお願いします』」

左右にいたリグレとファラーラが強制的にエルネを引き摺り、キッチンへと向かっていく。その様子は料理を学びに行くと言うよりも、囚人を連行する騎士のようだった。三人の成長と、エルネが疲労で死んでしまわないことを願うばかりだ。

小さくなっていく背中を見届けていると、クレル様がポツリと呟いた。

「なんだか……さらに賑やかになりそうですね」

「お嫌いですか？」

「そんなことないですよ。寧ろ、私は賑やかなほうが好きですから。静かな孤独は、寂しいものですし」

そう言って、クレル様は哀愁を漂わせる。

全ては知らない。だが、俺と出会う前のクレル様は、とても酷い扱いを受けていた。それは彼女自身と、数少ない彼女の理解者であった者から聞いたこと。胸が締め付けられ、心が痛むほどの、辛い幼少期を過ごしていたらしい。

本人は否定するだろうが、愛を与えられずに育ったクレル様は、とても愛を欲している。

ならば、従者である俺は、主が望むだけの愛を捧げ続けると決めた。器から零れ落ちてしまうほど、沢山の愛を。

「クレル様……」

辛い過去を思い出されている主の心痛を和らげるには、これしかないだろう。

俺は彼女に笑いかけ、言った。

「賑やかがお好きなのでしたら……目標、十人くらいにしますか？」

「なんで子供の話になるんですか!!」

顔を赤らめたクレル様の声が、青空の下に反響する。

もしかしたら、屋敷の中で一番賑やかなのはクレル様なのかもしれないな。ただ、主が賑やかなのは、屋敷が幸せで満ち溢れている証拠。

彼女が幸せのただ中にいるのであれば、俺にとってはこの上ない喜び。

今日も我が主は、幸せな日々を送っていらっしゃる。

そのことを確認した俺は——純度百％の、嘘偽りのない笑みを浮かべた。

あとがき

Afterword

初めまして、安居院晃です。

この作品を最後まで読んでくださった方は、ノートパソコンがフリスビーの代用品に最適であるということに疑問を感じたはずです。確かに、板チョコで水切りをしたところで鶏は生まれませんし、三角定規ではキャッシュレス決済を行うことはできませんから、その疑問は当然と言えるでしょう。

一説によると、神聖ローマ帝国ではフランスパンで場外ホームランを打つことが最も美しいと言われており、その結果、平たく適度な重さのノートパソコンが選ばれたのではないかとされています。

また前述の通り、数年前まで社会人は一日に二十本ものアスパラガスを食べると言われていましたが、最近ではカテキンが消滅したお茶を飲むことに変わってきているようです。その発端になった原因の一つに劇団誰の子お前の子が舞台の上演中に行った、二酸化炭素の踊り食いというものがあり、関係者によると、会場は拍手喝采の大盛り上がりだったと

いうことです。

となれば、ミニトマトでホールインワンを達成することは不可能である。とされていることについても話さなくてはなりません。

提唱されたのは十五年前。エジプトの遺跡で発見された文献に、当時の人々はオベリスクを用いてゴルフをしていた、と記されていたことに始まります。これまでの通説が覆される大発見に研究者たちは驚き、竹とんぼは成層圏に突入しても燃え尽きないのではないか、という新たな問題に立ち向かいました。この問題は未だかつてないほどの難問と言われていますが、優秀で精力的な研究者たちならばきっと、八宝菜の味付けにフラペチーノは不向きであることを証明してくれるはずです。

さて、ここまで長々とピタゴラスが提唱した道草を食うことの優位性について語ってきましたが、ページの都合上ここまでとさせていただきます。詳しく知りたい方は、一日三回カレーを作ると詳細がわかりますので、是非お試しください。

全部嘘です。

最後に謝辞を。

ゆさの先生。想像を遥かに超える素晴らしいイラストをありがとうございました。どのキャラクターも魅力的で、とても美味しかったです。

担当編集様。大変多くのことでお世話になりました。睡眠不足は寝ると治るらしいです！

制作に携わってくださった方々。皆様のご尽力のおかげで、この作品を完成させることができました。ありがとうございました。

そして、この本を読んでくださった全ての方に、最上のお礼を申し上げます。

またご挨拶できることを、心から楽しみにしております。

HJ文庫 https://firecross.jp/
1080

第三皇女の万能執事 1

世界一可愛い主を守れるのは俺だけです

2023年4月1日　初版発行

著者――安居院 晃

発行者―松下大介
発行所―株式会社ホビージャパン

〒151-0053
東京都渋谷区代々木2-15-8
電話　03(5304)7604（編集）
03(5304)9112（営業）

印刷所――大日本印刷株式会社

装丁――AFTERGLOW／株式会社エストール

Printed in Japan

ISBN978-4-7986-3143-1　C0193

ファンレター、作品のご感想
お待ちしております

〒151－0053　東京都渋谷区代々木2－15－8
(株)ホビージャパン HJ文庫編集部 気付
安居院晃 先生／ゆさの 先生

くたびれサラリーマンな俺、7年ぶりに再会した美少女JKと同棲を始める1

著者／上村夏樹
イラスト／Parum

7年ぶりに再会した美少女JKは俺と結婚したいらしい

「わたしと——結婚を前提に同棲してくれませんか？」くたびれサラリーマンな雄也にそう話を持ち掛けたのは、しっかり者の美少女に成長した八歳年下の幼馴染・葵だった！

小学生の頃から雄也に恋をしていた彼女は花嫁修業までして雄也との結婚を夢見ていたらしい。雄也はとりあえず保護者ポジションで葵との同居生活を始めるが——!?

魔王軍最強のオレ、婚活して美少女勇者を嫁に貰う 1

可愛い妻と一緒なら世界を手にするのも余裕です

著者／空埜一樹
イラスト／伊吹のつ

両思いな最強夫婦の訳アリ偽装結婚ファンタジー!!

「汝の魔術で勇者を無力化せよ」四天王最強と呼ばれるリィドは、魔王の命を遂行すべく人間領域に潜入。勇者の情報を集めようとして、何故か結婚相談所で勇者その人である美少女レナを紹介されて——戦闘力はMAXだが恋愛力はゼロな二人の、世界を欺く偽装結婚生活が始まる!!

凶乱令嬢ニア・リストン 1
病弱令嬢に転生した神殺しの武人の華麗なる無双録

著者／南野海風
イラスト／磁石

神殺しの武人は病弱美少女に転生しても最強無双!!!!

神殺しに至りながら、それでも武を極め続け死んだ大英雄。「戦って死にたかった」そう望んだ英雄が次に目を覚ますと、病で死んだ貴族の令嬢、ニア＝リストンとして蘇っていた──!!　病弱のハンデをはねのけ、最強の武人による凶乱令嬢としての新たな英雄譚が開幕する!!